Das Verhalten der Tiere

InfOMNIBUS

Das Verhalten der Tiere

Aus dem Italienischen von Heli Tortora

Illustrationen von Gian Paolo Faleschini

OMNIBUS

DoGi

OMNIBUS

Der Taschenbuchverlag
für Kinder und Jugendliche
von Bertelsmann

Band 20970

Umwelthinweis:
Dieses Buch wurde auf chlorfrei gebleichtem
Papier gedruckt.

Deutsche Erstausgabe August 2001
Gesetzt nach den Regeln der Rechtschreibreform

Die Originalausgabe erschien unter dem Titel
»Il comportamento animale«

Übersetzung: Heli Tortora, München
Redaktion: Christina Freiberg, München
Umschlagkonzeption: Klaus Renner
Umschlaggestaltung: Atelier Langenfass, Ismaning
Satz/Umbruch:
Veit-Rost, Medien & Kommunikation, Ingolstadt
Gesamtkoordination der deutschen Ausgabe:
InterConcept Medienagentur, München

ISBN 3-570-20970-9

Printed in Italy

10 9 8 7 6 5 4 3 2 1

Inhalt

Die Verhaltensforschung

Das Verhalten der Tiere ist einer der interessantesten Aspekte der Biologie. Seine wissenschaftliche Untersuchung nennt man Ethologie oder Verhaltensforschung. Diese Lehre versucht zu ergründen, wie und warum sich Tiere in einer bestimmten Weise verhalten.

Ein wesentliches Merkmal, das alle Tiere auszeichnet, ist die Fähigkeit, rasch und gezielt auf empfangene Reize zu reagieren. Diese Fähigkeit wird durch drei Arten von Zellen gewährleistet, die in jedem Organismus vorhanden sind: die Sinneszellen, die den Reiz empfangen, die Nervenzellen, die ihn weiterleiten, und die Muskelzellen, mit denen die Bewegung ausgeführt wird. Die Folge von Handlungen, die ein Tier auf Grund eines Reizes ausführt, hängt vom Zusammenspiel dieser Zellen ab und ist maßgeblich für sein Verhalten. Dieses kurz zusammengefasste Schema werden wir im Folgenden noch genauer untersuchen, um zu verstehen, welche komplizierten biologischen Prozesse im Körper als Folge einer äußeren Sinnesreizung ablaufen.

Die Fledermäuse
Viele Fledermäuse sind Nachttiere und fressen Insekten, die sie im Flug fangen. Sie orientieren sich nicht nach dem Licht, sondern mittels kurzer Rufe im Ultraschallbereich. Wenn diese auf Hindernisse oder auf eine mögliche Beute treffen, werden sie teilweise reflektiert. Aus der Geschwindigkeit des Echos können sie die jeweilige Entfernung zum Objekt berechnen (Echolotung oder Echolotpeilung).

DIE SINNE DER TIERE
Das Verhalten der Tiere ist von Gattung zu Gattung unterschiedlich und wird durch die Art und Weise bestimmt, in der Tiere Informationen aus ihrer Umgebung aufnehmen.

Zunächst muss das Tier den eintreffenden Reiz bemerken. Das bedeutet, dass ein Sonnenstrahl, eine Klangwelle oder irgendein anderes Signal in dem Augenblick, in dem es den Organismus erreicht, eine Reaktion hervorruft. Die Signale werden von den Sinneszellen registriert, die sehr unterschiedlich sind und jeweils nur ein bestimmtes Signal (Schlüsselreiz) empfangen können. So sind die Zellen, die über die Augen visuelle Reize empfangen, völlig unempfindlich gegenüber Geräuschen oder Gerüchen, den so genannten olfaktorischen Reizen. Die Sinneszellen empfangen jedoch nicht nur den Reiz, sie setzen ihn auch in elektrische Impulse um. Die Zellen können damit untereinander kommunizieren und rasch Informationen der verschiedenen Teile

Die Erkundung
1) Die Fliege wird auf ihrer Suche nach Nahrung vom Geruch geleitet. Ihre Geruchsorgane registrieren die Anwesenheit von Nahrungsmolekülen. Die von den Nervenzellen übertragenen Signale veranlassen die Fliege, sich in die entsprechende Richtung zu bewegen.

Die Annäherung
2) Wenn die Konzentration von Nahrungsmolekülen sehr hoch ist, signalisieren die Geruchsorgane den die Flügel bewegenden Muskeln, dass sie anhalten sollen. Die Fliege landet dann und bewegt sich auf ihren Beinen auf die Nahrungsquelle zu.

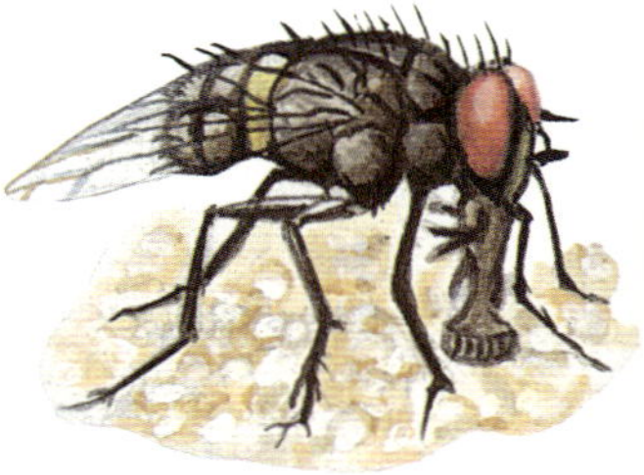

Die Nahrung
3) Mücken orten eine Nahrungsquelle durch Geschmacksorgane in den Beinen, die das Ausfahren des Saugrüssels bewirken, sobald eine geeignete Stelle erreicht ist.

Der Skorpion
An den Beinen des Skorpions befinden sich Sinneszellen, die die von einer Beute verursachten Vibrationen wahrnehmen und Aufschluss über ihre Richtung und Entfernung geben.

des Organismus austauschen. Dieser biologische Prozess ist mit der Übertragung von Signalen in einem Telefonapparat vergleichbar: Wenn wir sprechen, werden die Schwingungen unserer Stimme von der Muschel in elektrische Impulse umgewandelt, die durch ein Stromkabel an ihren Bestimmungsort gelangen. Bei den Tieren übernehmen Nervenzellen die Aufgabe des Kabels, Botschaften von den Sinnesorganen zu anderen Nervenzellen zu transportieren, die diese dann zu Informationen verarbeiten. Zu diesem Zweck sind sie zu mehr oder weniger umfangreichen Zellgruppen zusammengefasst und bilden gemeinsam die komplexen Strukturen, aus denen das Gehirn besteht. Aber was bedeutet es, eine Information zu

Erste Phase

Der Forscher beobachtet einen Elefanten, der Dung frisst, und fragt sich nach dem Grund für dieses Verhalten.

Hypothesen des Forschers

a) Dung ist eine alternative Nahrungsquelle, wenn die normale Nahrung knapp ist.
b) Dung liefert dem Darm Mikroorganismen, die für die Verdauung nützlich sind.
c) Dung zu fressen, ist ein ungewöhnliches Verhalten, das nur dem beobachteten Exemplar eigen ist.

METHODEN DER WISSENSCHAFT

Theorien gründen sich nicht nur auf beobachtete Tatsachen, sondern auf detaillierte Arbeit in verschiedenen Phasen, in denen man sich zunächst Fragen stellt und dann nach den möglichen Antworten sucht.

verarbeiten? Im Fall einer drohenden Gefahr zum Beispiel, muss der Körper sofort reagieren. In diesem Fall sendet das Gehirn über andere Nervenzellen einen Befehl an die Muskelzellen. Dieser Befehl bewirkt, dass die Muskelzellen angespannt werden und sich erst wieder lösen, wenn die Gefahr vorüber ist und das Gehirn »Entwarnung« gibt. Wenn viele Muskelzellen sich gleichzeitig anspannen oder lösen, verändert der gesamte Muskel seine Länge und erzeugt eine Bewegung. Durch die Arbeit verschiedener Muskeln sind Tiere zu so komplexen Handlungen wie Schwimmen, Fliegen, Kämpfen oder dem Erzeugen von Lauten in der Lage. Die Äußerung immer wiederkehrender Handlungsfolgen als Reaktion auf eine bestimmte Situation, in der das Tier

Zweite Phase
Um die glaubwürdigste Hypothese herauszufiltern, stellt der Forscher neue und genauere Beobachtungen an. Dabei bemerkt er, dass auch andere Individuen Dung fressen und dass alle Dung fressenden Tiere jung sind.

Technische Hilfsmittel
In dem unter dem Mikroskop analysierten Dung finden sich bestimmte Mikroorganismen. Diese sind in der Lage, Zellulose zu verdauen, die in der Nahrung der Elefanten reichlich vorhanden ist.

Die Folgerungen des Verhaltensforschers
Die jungen Elefanten fressen den Dung der erwachsenen, um sich die für die Verdauung notwendigen Mikroorganismen zu verschaffen.

Schimpansen

Schimpansen sind den Menschen sehr ähnlich, doch fehlt ihnen die Fähigkeit zu sprechen. Im Laborversuch sind Schimpansen in der Lage, mit Hilfe von Tasten zu kommunizieren, von denen jede eine bestimmte Bedeutung hat. Auf diese Weise erfährt man mehr darüber, wie Schimpansen ohne Sprache kommunizieren können.

IM LABOR

Verhaltensstudien lassen sich besonders gut unter den einheitlichen und vergleichbaren Bedingungen in einem Labor betreiben. Die Reize, denen die Tiere dort ausgesetzt sind, lassen sich genau steuern und sind bei allen gleich.

Der Stichling

Stichlinge sind wenige Zentimeter lange Fische, die in Europa, Asien und Nordamerika beheimatet sind. Im Frühling nehmen die Männchen am Bauch eine charakteristische rote Färbung an und kämpfen heftig miteinander, um sich in ihrem Fortpflanzungsrevier zu behaupten. Durch Attrappen in verschiedenen Formen und Farben konnte bewiesen werden, dass die rote Färbung am Bauch die Aggressivität der Männchen auslöst.

sich gerade befindet, bezeichnet man als sein Verhalten. Je mehr Strukturen das Nervensystem aufweist, umso vielfältiger fällt die Reaktion auf den Reiz, also das Verhalten, aus. Denn ein komplexes Nervensystem versetzt das Tier in die Lage, Informationen zu speichern, um sie später wieder benützen zu können.

In der Ethologie, so heißt die Wissenschaft vom Verhalten der Tiere, wird besonders viel Wert auf die komplexen Verhaltensweisen gelegt, deren Ursprung und Entwicklung nicht eindeutig erkennbar sind. Sie verfolgt zwei Ziele: Zum einen versucht man herauszufinden, wie das beobachtete Tier auf einen bestimmten Reiz reagiert. Zum anderen versucht man zu verstehen,

Die Meeresschildkröten
Sofort nach der Geburt verlassen sie den Strand und streben dem offenen Meer zu. Die Weibchen kehren viele Jahre später zur Eiablage an dieselbe Stelle zurück. Um herauszufinden, ob sie sich am Magnetfeld der Erde orientieren, wurden einige Exemplare in spezielle Becken gesetzt, in denen man die Richtung des Magnetfeldes ändern konnte. Dabei stellte man fest, dass die kleinen Schildkröten in unterschiedliche Richtungen schwimmen, sobald das Magnetfeld sich ändert.

warum eine Tierart im Lauf der Evolution ein bestimmtes Verhalten entwickelt hat und auf welche Weise es dem Tier Vorteile verschafft. Dieser letzte Aspekt beschäftigt die Verhaltensforscher am meisten.

Wie man das Verhalten studiert

In der ersten Phase werden einzelne oder mehrere Tiere nur beobachtet. Daraus ergeben sich bereits neue Fragen: Warum verhalten sich die beobachteten Individuen auf diese Weise? Warum verhält sich diese Tierart anders als ähnliche Arten? Darauf gibt es meist mehrere mögliche Antworten. Wie kann man nun feststellen, welche Antwort die richtige ist? Eine Möglichkeit besteht darin, jede denkbare Antwort als Hypothese, also als Vermutung, zu betrachten und aus

VERWENDUNG VON HILFSMITTELN

Verhaltensforscher greifen oft zu Hilfsmitteln, die für andere wissenschaftliche Zwecke entwickelt wurden, oder entwickeln sie selbst.

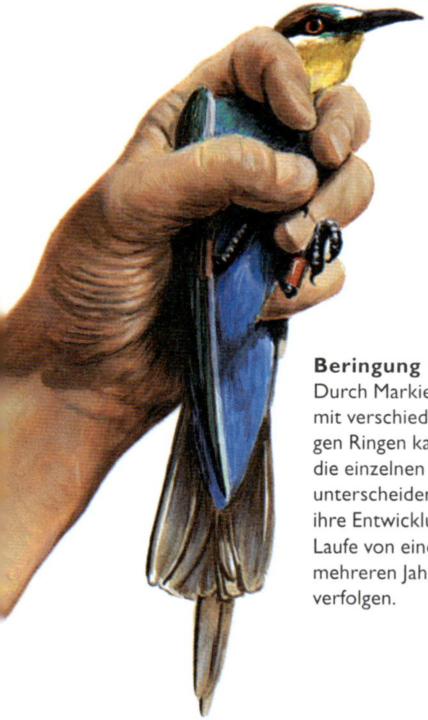

Beringung
Durch Markierung mit verschiedenfarbigen Ringen kann man die einzelnen Vögel unterscheiden und ihre Entwicklung im Laufe von einem oder mehreren Jahren verfolgen.

DATENERHEBUNG

Ein erster Schritt zum Verständnis eines Verhaltens ist die präzise Beschreibung. Manchmal jedoch ist es sehr schwierig, den Ereignissen im Dasein einzelner Tiere zu folgen. Der Bienenfresser zum Beispiel nistet in Kolonien, dabei gräbt er Nisthöhlen in oft unzugänglichen Böschungen an den Steilküsten des Mittelmeeres. Bisher ist kaum etwas über das Verhalten einzelner Koloniemitglieder untereinander und über die Flugrouten der in Afrika überwinternden Zugvögel bekannt.

dieser Hypothese dann Vorhersagen und Schlussfolgerungen abzuleiten.

Nehmen wir an, wir haben einige Vögel bei einer Art Tanz beobachtet. Wir können die Hypothese aufstellen, dass es sich um ein Balzritual handelt, und daraus folgern, dass alle Exemplare, die diesen Tanz aufführen, Männchen sind, die sich in der Fortpflanzungszeit so verhalten, und zwar nur in Anwesenheit von Individuen weiblichen Geschlechts. Denkbar wäre aber auch, dass es sich bei dem Tanz um ein Alarmsignal handelt. In diesem Fall zieht man den Schluss, dass es nur bei Annäherung eines möglichen Feindes dazu kommt, und zwar von Männchen und Weibchen gleichermaßen.

Nachdem möglichst viele Hypothesen aufgestellt und die entsprechenden Voraussagen getroffen sind, muss der Forscher die Tiere erneut beobachten und versuchen, Übereinstimmungen zwischen dem, was er sieht, und seinen Voraussagen zu finden. Es kann auch vorkommen, dass sich keine seiner Voraussagen bewahrheitet. Dann müssen neue Hypothesen aufgestellt werden.

Wenn sich Verhaltensbiologen untereinander über neu gewonnene Kenntnisse austauschen, kann es vorkommen, dass sie nicht von allen akzeptiert werden. Andere

Beobachtungen könnten den Gegenbeweis erbringen und die Behauptung dadurch widerlegen. Dann muss man von neuem mit der Untersuchung beginnen.
Dieses Verfahren ist eine durchaus übliche wissenschaftliche Arbeitsweise. Es ist dabei weniger von Bedeutung, ob man Theorien aufstellt, die sich später als falsch erweisen. Wichtig ist vielmehr, dass man als Wissenschaftler die Bereitschaft zeigt, feste Überzeugungen eventuell selbst in Zweifel zu ziehen.

Tierisches und menschliches Verhalten

Warum betreibt man Verhaltensforschung? Neugierde ist eines der wichtigsten Merkmale menschlicher Wesen. Außerdem ist der

DIE ERSTEN VERHALTENSFORSCHER

Tiere »studieren« sich gegenseitig, um überleben zu können. Dem Menschen gelang dies auf Grund seiner intellektuellen Fähigkeiten besser als anderen Gattungen.

Die Tricks bei der Jagd

Jäger prägen sich die Bewegungen der Beutetiere ein und geben diese Informationen an ihre Nachkommen weiter. So kann man das Verhalten der Tiere berechnen und ihnen Fallen stellen.

Mensch, wie alle anderen Arten auch, in ein Ökosystem eingebunden. Er lebt seit jeher mit Tieren zusammen, von denen einige Raubtiere und damit seine Feinde sind, andere dagegen nützliche Nahrungsquellen. Deshalb war es lange Zeit für ihn lebensnotwendig, das Verhalten der verschiedenen Tierarten zu kennen und vorherzusehen. Das Forschungsgebiet der biologischen Grundlagen tierischer Verhaltensweisen ist noch vergleichsweise jung und geht auf die Pionierleistungen von Forschern wie Konrad Lorenz, Niko Tinbergen und Karl von Frisch zurück, die 1973 den Nobelpreis für ihre Arbeit erhielten.

Besonders Konrad Lorenz war von Beginn seiner Forschungen an der Auffassung, dass die an den Tieren gemachten Entdeckungen

Die Erfahrung
Die Menschen wissen auch, wie Raubtiere sich verhalten, und sind vorsichtig genug, nicht zu nahe an das Wasser heranzugehen, wo ein Krokodil auf der Lauer liegen könnte.

wesentlich zum Verständnis menschlichen Verhaltens beitragen können, das äußerst vielschichtig ist, auch wenn es uns nicht so erscheint.

Der Grund für das komplexe Verhalten einer Person ist der reiche Erfahrungsschatz, den sie im Laufe ihres Lebens gesammelt hat und der sich zusammensetzt aus Sprache und Mimik, aus zwischenmenschlichen Beziehungen und unterschiedlichen Werten, aus der Einschätzung des eigenen Ichs und des gesamten Universums. Dieser Erfahrungsschatz, der je nach sozialem Umfeld variiert, formt die Handlungsweise und bewirkt, dass die Spezies Mensch, mehr als jede andere, mannigfaltige Verhaltensformen an den Tag legt, die sich von Volk zu Volk und von Individuum zu Individuum stark unterscheiden.

Studiert man die Ähnlichkeiten und Unterschiede in den Verhaltensweisen der Völker, so kann man erkennen, wie sie sich, je nach sozialem und wirtschaftlichem Lebensraum, aus einem ersten, allen noch gemeinsamen Schema entwickelt haben. Ebenso können wir durch einen Vergleich zwischen dem Verhalten des Menschen und dem anderer Gattungen lernen, warum wir bestimmte Verhaltensweisen entwickelt haben und inwieweit es für unsere Vorfahren förderlich war bis hin zur Entwicklung des heutigen Menschen.

Nicht zuletzt ist es auch höchst interessant herauszufinden, in welchem Ausmaß unsere ursprünglichen Verhaltensmuster und Instinkte noch wirksam sind. Schließlich haben wir es selbst zu verantworten, dass wir uns in der heutigen Welt von den Anfängen des Menschen und dem Leben in der Vorzeit inzwischen weit entfernt haben.

DAS VERHALTEN DER MENSCHEN

Die Methoden der Ethologie eignen sich auch dazu, Aussagen über die Entwicklung der menschlichen Spezies zu machen.

Interaktionen

Weshalb geben sich zwei Personen, die sich begegnen, die Hand? Bei sozialen Wesen wie dem Menschen werden durch freundschaftliche Gesten gute Beziehungen unter den einzelnen Mitgliedern der Gesellschaft gepflegt.

Kampfgeist

Warum richten die Menschen so gerne sportliche Wettkämpfe aus? Die Mitglieder einer gesellschaftlichen Gruppe stehen im ständigen Wettstreit miteinander und mit anderen Populationen. Vermutlich folgt der Mensch im sportlichen Wettkampf dem ureigenen Instinkt alle Tiere auf diese »unblutige« Weise

Das Paar
Warum bilden sich Paare und wozu dient der Körperkontakt unter den Partnern? Die grundlegende Einheit der menschlichen Gesellschaft besteht aus Mann und Frau, die eine enge und dauerhafte Bindung eingehen müssen, um die Aufzucht des Nachwuchses zu gewährleisten, was beim Menschen viele Jahre dauert.

Die Ursachen des Verhaltens

Einige Verhaltensweisen sind angeboren, instinktiv, im Gegensatz zu anderen, die sich erst im Lauf des Lebens durch Erfahrung bilden, also erlernt werden. Was aber genau ist ein Instinkt? Ist die klare Abgrenzung der beiden Verhaltensformen gerechtfertigt?

Wie wir bereits wissen, wird das Verhalten vom Nervensystem auf Grund der von den Sinnesorganen gelieferten Signale gesteuert. Wenn sich also zwei Tiere unterschiedlich verhalten, kann das bedeuten, dass sie entweder verschiedene Reize erhalten haben oder dass ihr Nervensystem den Reiz unterschiedlich verarbeitet. Das ist durchaus möglich, denn einige Strukturen des Nervensystems bleiben von Geburt an unverändert, andere dagegen werden erst durch Erfahrung aktiviert und sind deshalb, je nach den Reizen, die im Lauf des Lebens empfangen wurden, von Individuum zu Individuum unterschiedlich. Wenn ein Verhalten auf bestimmten Erfahrungen beruht, bezeichnet man es als erlernt, im Gegensatz zum Verhalten, das angeboren ist.

Das Zebra
Sein Körperbau ist auf das Fluchtverhalten ausgerichtet. Das ist die wirksamste Verhaltensweise, um nicht Opfer eines Raubtiers zu werden.

In bedrohlicher Lage
Der Löwe stellt gleichermaßen für das Zebra wie für den Elefanten eine Gefahr dar. Doch die Reaktionen darauf sind unterschiedlich.

Eine Theorie besagt, dass ein angeborenes, also bereits bei der Geburt vorhandenes Verhalten von den Eltern ererbt wurde, während das erlernte Verhalten nur von der Umwelt beeinflusst wird. Tatsächlich ist es nicht immer so. Gehen wir mal von der Überlegung aus, dass Tiere, um Erfahrungen nutzen zu können, ein entsprechend strukturiertes Nervensystem benötigen.
Einige Vögel, wie zum Beispiel der Eichelhäher, sind in der Lage, sich die zahlreichen Verstecke genau einzuprägen, in denen sie die Wintervorräte horten. Diese Fähigkeit beruht auf der besonderen Struktur ihres Nervensystems, dessen Gedächtniszentren besonders empfänglich sind für visuelle Reize. Wölfe dagegen erkennen die Mitglieder ihres Rudels am Geruch, ihre Gedächtniszentren reagieren somit besonders empfindlich auf olfaktorische Reize.
Die Grundmerkmale des Nervensystems, wie die Reaktion auf visuelle oder Geruchsreize, sind ererbt und ermöglichen es dem Lebewesen, Erfahrungen zu sammeln, die wiederum von der Umgebung geliefert werden. Das Nervensystem verfügt also über eine mehr oder weniger ausgeprägte Lernfähigkeit, Eindrücke aus der Umwelt

Der Elefant
hat einen mächtigen Körper und Furcht erregende Stoßzähne. Damit kann er sich dem Raubtier entgegenstellen. Meist ist es das die Herde anführende Weibchen, das den Löwen vertreibt.

VERSCHIEDENE VERHALTENSWEISEN
Die Verhaltensweisen variieren je nach Spezies genauso wie das Aussehen. Die jeweiligen Vorteile werden im unterschiedlichen Verhalten deutlich.

aufzunehmen und sich zu merken. Diese Fähigkeit wird vererbt, nicht aber die gesammelten Erfahrungen. Es ist also offensichtlich, dass Verhaltensweisen von der Ausprägung und den Fähigkeiten des Nervensystems abhängen. Dieses entwickelt sich gemäß den Informationen, die in der DNS enthalten sind, dem von den Eltern auf die Kinder übertragenen Erbgut, das alle Informationen über Entwicklung und Funktion der Körperzellen enthält. Somit sind die wesentlichen Merkmale des Nervensystems erblich und angeboren. Verhaltensformen werden aber oft auch durch die Umwelt geprägt, so klein deren Einfluss auch sein mag. Man denke nur an eineiige Zwillinge, die über identisches Erbgut verfügen, aber in Bezug auf Geschmack und Verhalten Unterschiede entwickeln, die auf die verschiedenen, im Laufe ihres Lebens empfangenen Reize zurückzuführen sind.

Ein verwickeltes Erbe
Auch wenn uns die Bewegungen einer Spinne, die ihre Beute fängt und mit Seidenfäden umwickelt, wie eine ausgefeilte Technik vorkommen, sind sie doch nicht von ihr selbst entwickelt worden, sondern angeboren. Mit ihrem kaum ausgeprägten Nervensystem wäre es für diese Tiere sehr schwierig, solche Abläufe zu erlernen.

Erlerntes Verhalten

Alle Arten von Lebewesen verfügen über angeborene und erlernte Verhaltensweisen. Warum aber stützen sie sich nicht ausschließlich auf erlerntes Verhalten, das dem Menschen als die beste

Die Ratte
knabbert an allem, was essbar erscheint. Um zu vermeiden, dass sie wiederholt giftige Nahrung zu sich nimmt, entwickelt sie mit der Zeit eine Abneigung gegen einmal als giftig eingestufte Speisen. Den dadurch hervorgerufenen Schmerz aber kann sie nicht mit einem Geschmack assoziieren, denn diese Verbindungen existieren in der Natur nicht. Ihr Lernvermögen ist somit begrenzt.

Die Kragenechse
Dieses australische Reptil verteidigt sich gegen Feinde, indem es versucht, sie zu erschrecken. Dabei bläht es eine am Hals befindliche Hautfalte so weit auf, dass es viel größer aussieht, als es wirklich ist. Diese Reaktion, die auch der Kommunikation dient, ist für das Tier äußerst nützlich. Deshalb ist von Vorteil, dass sie angeboren und nicht erlernt ist.

DIE ANWENDUNG ERLERNTEN VERHALTENS

Nicht alle Tiere zeigen Verhaltensweisen, die auf Erfahrungen beruhen. Denn diese sind von den jeweiligen Bedürfnissen und der Ausprägung der Nervenstrukturen der jeweiligen Tierart abhängig.

Der Spechtfink
Diese Vogelart lebt auf den Galápagosinseln und ernährt sich von Insektenlarven, die sie in Baumstämmen findet. Sie verfügt über die angeborene Fähigkeit, sich Dornen und Zweige beim Aufspüren der Beute zunutze zu machen. Die Perfektion, die sie dabei entwickelt, ist eine Folge gesammelter Erfahrungen.

Zwergmännchen
Das Männchen des in der Tiefsee lebenden Seeteufels ist viel kleiner als das Weibchen, an das es sich festklammert, um auf diese Weise an Nahrung zu kommen. Das Parasitendasein bewirkt, dass Körperform und Verhalten des Tieres auf einfachste Formen reduziert werden.

EINFACHE UND KOMPLEXE VERHALTENSWEISEN

Die Ausprägung von Verhaltensweisen wird nicht nur durch die Fähigkeiten des Nervensystems bestimmt, sondern auch durch die unterschiedlichen Bedürfnisse der einzelnen Arten.

Jäger
Einige Seesterne jagen Schalentiere wie Austern. Um sich davon ernähren zu können, müssen sie die Beute finden und die Schale so weit öffnen, dass sie ihren Magen einführen können (er kann wie ein Handschuh nach außen gestülpt werden). Die vom Magen erzeugten Säfte zersetzen das Gewebe der Schalentiere und verwandeln es in Nahrung, die vom Seestern aufgesaugt wird.

Filterorganismen
Bei der Gattung *Spirographis* handelt es sich um einen Meereswurm, der in einer Röhre lebt, die er selbst aus Sandkörnern und Schleim baut. Er ernährt sich von im Wasser schwebendem Plankton, das er mit einer Tentakelkrone einfängt und seinem Mund zuleitet. Am Boden festhaftende Tiere, wie dieses Exemplar, benötigen keine ausgefeilten Verhaltensformen.

Methode erscheint, allen Aufgaben gerecht zu werden? Tatsächlich ist das Lernvermögen immer dann sehr nützlich, wenn man nicht vorhersehen kann, welches Verhalten notwendig sein wird. So ist der Fuchs in sehr unterschiedlichen Lebensräumen heimisch und in der Lage, sich von verschiedenen Beutetieren, wie Fischen, Insekten, Vögeln und kleinen Säugetieren, zu ernähren. Für ihn ist es also nützlich zu lernen, welche Art von Beute in seinem Revier lebt und wie sie zu jagen ist, denn dies kann sich, je nach Jahreszeit und Revier, ändern.

Lernen bedeutet, Informationen zu speichern und zu verarbeiten. Erfahrungen zu machen, das heißt, Informationen zu sammeln, braucht Zeit, und um das Gehirn aufzubauen, das diese Erfahrungen verwendet, benötigt der Körper Energie. Wenn jedes Tier wieder von neuem die für seine Lebensweise nützlichen Erfahrungen erst mühsam lernen müsste, wäre das Zeit- und Energieverschwendung. Ein Nachttier wie die Eule müsste dann als junger Vogel sehr viel Zeit und Energie aufwenden, um bei Nacht jagen und bei Tag schlafen zu lernen. Viel einfacher und wirksamer ist es, wenn dieses Verhalten bereits angeboren ist.

Die Prägung

Es gibt im Leben eines jeden Tieres einen Augenblick, in dem noch kein erlerntes Verhalten vorhanden sein kann, nämlich bei der Geburt. Doch bereits kurz danach muss jedes Individuum in der Lage sein, bestimmte einfache Handlungen zu verrichten, um überleben zu können. So muss ein eben geborenes Fohlen

Gesangsprägung

Im Allgemeinen lernen die Vogelmännchen den Gesang ihrer Artgenossen, indem sie den Eltern zuhören, auch wenn das Gesangsmuster angeboren ist. Das männliche Kuckucks-Junge dagegen muss die typische Lautäußerung seiner Art lernen und nicht die seiner Wirtseltern. Deshalb zeigen die Jungtiere dieser Gattung keine Gesangsprägung.

DIE PRÄGUNG

Einige Tierarten müssen genaue und präzise Informationen zum Überleben sammeln. Den Vorgang, bei dem Erfahrungen und Lerninhalte gespeichert werden, bezeichnet man als Prägung. Sie findet während der frühen Entwicklungsphase in mehreren Abschnitten statt, je nach Art der Information.

bereits laufen können, denn die Herde, zu der es gehört, wandert ständig auf der Suche nach Nahrung umher. Dieses Verhalten ist angeboren. Dazu gehört auch die Fähigkeit, bereits kurz nach der Geburt erste von außen kommende Eindrücke zu verarbeiten. Ein klassisches Beispiel für diese besondere Art des Erlernens ist die so genannte Prägung. Dabei wird eine bestimmte Art von Information nur in einer bestimmten Lebensphase gespeichert, nämlich in der Kindheit. Denken wir mal an ein neugeborenes Tier, das sofort in der Lage sein muss, der Mutter zu folgen, um zu überleben. Die Fähigkeit, sich zu bewegen

Geruchsprägung
Für die noch unselbstständigen Jungtiere der Spitzmaus ist es lebensnotwendig, den Kontakt zur Mutter nicht zu verlieren. Sie lernen deshalb sehr früh, sie an ihrem Geruch zu erkennen, so dass sie ihr überall hin folgen können.

Ortsprägung
Der Kuckuck legt seine Eier in die Nester fremder Vögel. Jedes Weibchen produziert einen bestimmten Eiertyp, der dem Ei entspricht, aus dem es selbst geschlüpft ist, und das den Eiern der Wirtseltern sehr ähnlich sieht. Sucht sich das Kuckucksweibchen ein falsches Nest aus, wird sein Ei sofort erkannt und zerstört. Man nimmt an, dass das Weibchen sich durch Prägung an den Lebensraum erinnert, in dem es aufgewachsen ist, und ein ähnliches Habitat aussucht, um dort sein Ei abzulegen. Das erhöht die Wahrscheinlichkeit, ein Nest der richtigen Wirtseltern zu finden.

und einem anderen Individuum zu folgen, kann eine angeborene Verhaltensweise sein, nicht jedoch die Fähigkeit, die eigene Mutter von den anderen Mitgliedern der Gruppe zu unterscheiden. Deshalb ist es wichtig, dass das Neugeborene so bald und so genau wie möglich lernt, seine Mutter zu erkennen: an

ihrem Aussehen, am Geruch oder an ihrer Stimme.

Angeborene und erlernte Verhaltensformen beim Menschen

Der Mensch verfügt nur über wenige ausschließlich angeborene, das heißt nicht durch Erfahrung beeinflussbare Verhaltensweisen. Von allen Lebewesen stützt er sich am meisten auf die Ergebnisse von Lernprozessen. Diese »Strategie des Erlernens« hat sich vermutlich entwickelt, damit Menschen in der Lage sind, sich in möglichst vielen verschiedenen Situationen zurechtzufinden.

Unsere Spezies verlässt sich aber nicht nur auf körperliche Merkmale, um zu überleben. So können wir uns oft weder dem Angriff eines Raubtieres widersetzen oder fliehen, noch sind wir in der Lage, mit bloßen Händen Beute zu machen und sie zu überwältigen, es sei denn, sie ist uns körperlich stark unterlegen.

In solchen Fällen greift der Mensch auf Mittel zurück, die ihm durch sein ausgeprägtes Lernvermögen zur Verfügung stehen. Er ist in der Lage, Schutzvorrichtungen oder ein künstliches »Fell« gegen ungünstiges Klima zu verwenden, die es ihm ermöglichen, sowohl am Äquator als auch in der Arktis zu leben. Als soziales Wesen ist er aber auch von einem funktionierenden Zusammenleben mit anderen abhängig, das ohne Kommunikation nicht denkbar ist. Der Preis für diese Fähigkeit ist eine verlängerte Kindheit und eine sich über viele Jahre erstreckende elterliche Fürsorge, in der die für das Erwachsenenleben notwendigen Informationen vermittelt werden.

DIE KÖRPERSPRACHE
Der Mensch verfügt über zahllose Gesten und Ausdrucksweisen im Austausch mit anderen. Einige dieser Gesten werden im Lauf des Lebens erworben, andere sind angeboren.

Zusammengefügte Fingerspitzen
Diese Geste bedeutet für einen Italiener »Was willst du?«, für einen Türken »In Ordnung« und für einen Araber »Warte!«.

Das Gähnen
ist eine koordinierte Abfolge von Bewegungen, die nicht erlernt werden muss. Gleichzeitig wirkt sie auf den Beobachter als Reiz, ebenfalls zu gähnen. Verschiedene Theorien wurden aufgestellt, um eine Erklärung dafür zu finden. Außer zur Lockerung der Kopfmuskulatur könnte es auch dazu dienen, die Aktivitäten innerhalb einer Gruppe aufeinander abzustimmen, zum Beispiel beim Ausruhen.

Den Kopf nach hinten neigen
Womit Äthiopier ihre Zustimmung signalisieren, wird in Griechenland die Ablehnung betont.

Das Lächeln
gilt bei allen Völkern der Erde gleichermaßen als weithin sichtbares Zeichen von Freundschaft. Es ist ein wesentliches Merkmal unseres Sozialverhaltens und deshalb bereits angeboren. Schon kleine Babys sind in der Lage zu lächeln und auch blinde Menschen, die es nie gesehen haben und deshalb auch nicht imitieren können.

Die Entwicklung des Verhaltens

In der Tierwelt treffen wir auf eine Fülle sehr unterschiedlich ausgeprägter Körperformen und typischer Verhaltensweisen. Körperform, Verhalten und Lebensraum eines Tieres sind perfekt aufeinander abgestimmt. Doch wie entwickelt sich ein bestimmtes Verhalten?

Je mehr wir über das Leben und den Lebensraum eines Tieres wissen, umso mehr können wir die Ausbildung bestimmter Merkmale und Eigenschaften nachvollziehen, die dieses Tier aufweist. Dazu gehört in erster Linie das Verhalten, das zusammen mit dem Körperbau den perfekten Ablauf aller Körperfunktionen des Tieres gewährleistet. Auffällig ist dabei, wie sehr körperliche Merkmale mit einem bestimmten Verhalten gekoppelt sind. Dabei stellt sich die Frage, ob die körperlichen Merkmale die Verhaltensentwicklung bestimmen oder ob es umgekehrt ist.

KÖRPER UND VERHALTEN
Verhalten und Körperform können sich nicht unabhängig voneinander entwickeln, denn das eine muss auf das andere abgestimmt sein.

Die Wasserschildkröte
Sie hat einen leichteren Panzer als die Landschildkröte. Deshalb kann sie sich im Wasser besser bewegen. Dorthin flüchtet sie, wenn sie sich an Land bedroht fühlt.

Der Ursprung des Panzers
ist noch nicht endgültig geklärt. Sicher hat er sich bei den Vorläufern der heutigen Echsen entwickelt, unter Umweltbedingungen, in denen sich dieser Schutz als Vorteil und nicht als Hindernis erwies. Als Relikt aus der Vorzeit bietet der harte Panzer den Tieren bei einem Angriff ausreichenden Schutz, so dass sie nicht zu flüchten brauchen.

Wahrscheinlich ist beides richtig. Die Evolution vollzieht sich sehr selten in Sprüngen, denn das würde die Funktionsfähigkeit eines Organismus stören. Wenn zum Beispiel eine Taube in einem Baumstamm versuchen würde, eine Nesthöhle zu graben wie ein Specht, ohne über dessen Schnabel, Muskeln und Knochengerüst zu verfügen, würde ihr Vorhaben misslingen, sie könnte sich sogar dabei verletzen. Es ist auch nicht damit zu rechnen, dass in der Nachkommenschaft der Taube von einer Generation zur anderen alle Merkmale der Spechte auftauchen.

Für die Entwicklung neuer Fähigkeiten bei der Anpassung an die Bedingungen eines Lebensraums ist ein Mindestmaß an Flexibilität erforderlich, also die Möglichkeit,

Die Landschildkröte
Sie kann kein Fluchtverhalten entwickeln, denn sie ist auf Grund ihres schweren und starren Panzers sehr unbeweglich. Somit ist der Panzer für das Tier der einzige Schutz.

Die Eidechse
Für sie wäre es verhängnisvoll, bei einem Angriff unbeweglich zu verharren, da ihr Körper sehr verletzlich ist. Sie ergreift deshalb besser die Flucht.

dass ein Merkmal gleichzeitig mehrere Funktionen erfüllen kann. Ein Tier könnte feststellen, dass sich sein Schnabel oder seine Zähne auch dazu eignen, eine andere Nahrung als die bisher übliche zu sich zu nehmen. Einige Generationen später kann diese kleine Veränderung die Nachkommen des Tieres in die Lage versetzen, sich auch von dieser Nahrung zu ernähren, falls etwa die Hauptnahrung knapp werden sollte. So wird die Entwicklung eines neuen Verhaltens gefördert. Genauso kann das gewöhnliche Fluchtverhalten vor einem Raubtier leicht abgewandelt werden. Ein Hase entzieht sich seinem Feind, indem er unter Büsche oder in seinen Bau flüchtet. Wenn nun ein neues Verhalten, zum Beispiel das Klettern auf Bäume, mehr Erfolg zeigen sollte, würde die Art langfristig durch zunehmende Kraft der Gliedmaßen und Stärke der Krallen in der Lage sein, auf immer höhere Baumstämme zu klettern. Verhalten und Körperstruktur müssen sich also gleichermaßen verändern, damit sich nach einiger Zeit andere Merkmale entwickeln als die ursprünglichen.

Die Entwicklung von Verhaltensweisen

Das Verhalten ist eines von vielen Merkmalen, die es dem Individuum ermöglichen, zu überleben und sich in seinem Lebensraum fortzupflanzen. Es untersteht, wie alle anderen Merkmale auch, der natürlichen Auslese. Was versteht man unter natürlicher Auslese und wie funktioniert sie?

Die natürliche Auslese ermöglicht den Tieren, Merkmale zu entwickeln, die sich als vorteilhaft für das Leben unter bestimmten Bedingungen erweisen. Sie beeinflusst die

DER ENTWICKLUNG DER WALE

Die Ausprägung des Verhaltens und der Körperform von Walen ist ein Beispiel dafür, wie sich diese beiden Merkmale in einem Organismus gegenseitig beeinflussen. Vor etwa 55 bis 60 Millionen Jahren näherte sich Indien dem asiatischen Kontinent, wobei ein neuer Ozean entstand, der den Tieren reichhaltige Nahrungsmöglichkeiten bot.

Mesonychiden

Es ist wahrscheinlich, dass die Wale von den Mesonychiden, einer Stammgruppe der Urhuftiere abstammen. Sie veränderten oder erweiterten ihr Nahrungsverhalten, indem sie sich auch für die im Meer reichlich vorhandene Beute interessierten. Damit vollzogen sie zugleich den ersten Schritt zu einem ungewöhnlichen Körperumbau.

Eine starke Selektion

Die Nahrungssuche im Wasser führte zu einer starken Selektion dafür vorteilhafter Körpermerkmale. Damit erhöhten die Nachfahren der Mesonychiden ihre Beweglichkeit.

DIE HEUTIGEN WALE

Wale und die zur Walfamilie gehörenden Delfine haben heute keinerlei Kontakt mehr zum festen Land, ihr Körper ist dem Leben im Wasser perfekt angepasst. Ebenso entspricht ihr gesamtes Verhalten, nicht nur das der Nahrungsbeschaffung, ihrem Lebensraum Wasser.

Der Wolf
ist ein Raubtier und lebt in Rudeln, dessen Mitglieder gemeinsam jagen.

DIE NÜTZLICHEN MERKMALE

Über Generationen hinweg hat der Mensch Wölfe mit für den Menschen nützlichen Eigenschaften untereinander gepaart, bis schließlich die heutigen Hunderassen daraus entstanden sind. Hunde sind in ihrem Verhalten vollkommen verschieden von dem ihrer Vorfahren. So hat der Abruzzen-Hirtenhund keinen Jagdinstinkt mehr, der für Wölfe oder andere Hunderassen typisch ist. Er ist also völlig ungefährlich für Schafe.

Die Verteidigung der Herde
Der Abruzzen-Hirtenhund verteidigt die Herde gegen Eindringlinge, genauso wie Wölfe ihr Revier.

DIE KÜNSTLICHE AUSLESE

Die vom Menschen durchgeführte Selektion der Haustiere ist eine rasche und vereinfachte Form der natürlichen Auslese.

genetisch bedingten, das heißt von den Eltern auf die Kinder vererbten Merkmale. Diese Merkmale verändern sich gelegentlich von einer Generation zur nächsten. Außerdem werden bei den Arten mit geschlechtlicher Fortpflanzungsweise (das ist dann der Fall, wenn sich zwei Individuen paaren, um Nachkommen zu zeugen) die Merkmale bei jeder Generation neu gemischt, so dass die Kinder andere Erbkombinationen aufweisen als ihre Eltern.

Hat zum Beispiel ein Elternteil rotes Fell und lange Haare, während der andere Elternteil schwarzes Fell und kurze Haare hat, können einige der Kinder schwarzes Fell mit langen Haaren aufweisen. Zufällige Mutationen der DNS und vor allem die Mischung des Erbguts der Eltern gewährleisten eine große Vielfalt verschiedener Nachkommen. Einige davon können Arten oder Kombinationen von Merkmalen aufweisen, die ihnen Vorteile gegenüber anderen Individuen verschaffen. Auf Grund der meist nur begrenzt zur Verfügung stehenden Ressourcen wie Nahrung, Schutz, Sexualpartner können aber nicht alle Individuen, die geboren werden, auch überleben. Unter den Überlebenden wiederum können sich nicht alle fortpflanzen und unter den fortpflanzungsfähigen Tieren haben nicht alle die gleiche Zahl an Nachkommen.

Es ist also wahrscheinlich, dass die Individuen, die eine große Anzahl von Nachkommen hinterlassen, auch mit den besten Merkmalkombinationen ausgestattet sind, um in ihrer Umwelt zu überleben. Da diese Merkmale vererbt werden, werden in den folgenden Generationen weniger unvorteilhafte und mehr vorteilhafte Merkmale zu finden sein: Es hat eine Auslese stattgefunden.
Dieser Prozess kann im Laufe mehrerer Generationen zu großen Veränderungen führen, die sich beschleunigen, wenn sich die Umweltbedingungen mit der Zeit ebenfalls ändern. Diese Bedingungen bilden gewissermaßen die »Jury« bei der Auslese, und um sich langfristig zu behaupten, muss eine Spezies in der Lage sein, sich den ständig wechselnden Verhältnissen in der geforderten Weise anpassen zu können.

Kultureller Fortschritt

Es gibt Verhaltensweisen, die nicht angeboren sind, sondern als Kulturform übermittelt werden. Das ist jedoch nur bei Arten möglich, die über ein ausgereiftes und komplexes Nervensystem verfügen und ein vergleichsweise hohes Maß an Intelligenz aufweisen. Entwickelt ein Individuum aufgrund seiner persönlichen Erfahrung ein bestimmtes Verhalten und verschafft ihm dieses Verhalten einen Vorteil wie zum Beispiel bessere Nahrung, dann können seine Kinder oder die Mitglieder seiner Gruppe das neue Verhalten direkt von ihm lernen, indem sie es imitieren, ohne dass sie selbst darauf kommen müssen.
Gibt es viele Nachahmer, ist es wahrscheinlich, dass sich das neue Verhalten schließlich durchsetzt und schnell zur Perfektion

DIE WEITERGABE VON KULTURGUT

Die Rotgesichtsmakaken, eine japanische Affenart, weisen die Fähigkeit auf, erworbene kulturelle Erfahrungen weiterzugeben. Das zeigten in den 1950-er Jahren einige Biologen, die einer Gruppe von Makaken Getreide und Kartoffeln vorlegten. Dabei konnten sie das Entstehen und die Weitergabe von Traditionen beobachten.

Neue Wege gehen

Die Jungtiere sind neugieriger und auch die besten Erfinder in einer Horde. Das Affenweibchen »Imo« erfand mit zwei Jahren das Kartoffelwaschen und im Alter von vier Jahren die Trennung von Getreide und Sand. Diese zweite Tätigkeit ist komplexer als die erste und erforderte eine größere Erfahrung.

Ganz schön schlau

»Imo« veränderte das normale Verhalten bei der Reinigung von Speisen, indem sie die Kartoffeln ins Wasser tauchte, um sie so besser vom Sand zu befreien. Außerdem lasen die Affen Getreidekörner eines nach dem anderen aus dem Sand auf, bis »Imo« eine neue Technik erfand: Sie warf eine Hand voll Getreide, das mit Sand vermischt war, ins Wasser und sammelte dann die Körner auf, die im Gegensatz zum Sand auf der Wasseroberfläche schwammen.

Die Konservativen

Die älteren Individuen und besonders die Männchen weisen weniger Forschungsgeist auf und sind konservativer. Tiere im Alter zwischen sieben und zehn Jahren nehmen nur selten neue, von den Jungtieren erfundene und verbreitete Techniken an.

ausreift. Der Mensch hat mehr als jedes andere Lebewesen auf dder Erde Kulturformen geprägt und an seine Nachkommen übermittelt. Auf Grund seiner Intelligenz, seiner langen Erfahrung und der Fähigkeit zur Sprache konnte er eine Vielzahl von Dingen entdecken, erfinden und weitergeben. Die Bedeutung, die der kulturellen Überlieferung oder Tradition in der Geschichte der Menschheit zukommt, wird offensichtlich, wenn man sie in Beziehung zur Geschwindigkeit des technologischen Fortschritts setzt.

Zu Beginn der Menschheitsgeschichte gab es nur die gesprochene Sprache und der Schatz an Kenntnissen eines Stammes war begrenzt auf das, was ein Mensch im Gedächtnis behalten konnte und mündlich weitergab. Die Erfindung der Schrift ermöglichte es, eine Vielzahl von Kenntnissen gesammelt weiterzugeben.

Die Fähigkeit, Neues zu entdecken oder zu erfinden, hängt nicht zuletzt stark von dem bereits bekannten Wissen und den zur Verfügung stehenden Technologien ab. Das in Schriften gebündelte Wissen schuf dafür völlig neue Voraussetzungen und beschleunigte den Überlieferungsprozess. Besonders durch die zunehmende Verbreitung von Wissen durch Drucktechnik und Informatik sind der Entwicklung heute kaum noch Grenzen gesetzt.

Der daraus folgende technologische Fortschritt hat zum drastischen Wachstum der Weltbevölkerung geführt. Die Belastungsgrenze, an dem ganze Ökosysteme und unser Überleben selbst gefährdet sind, ist erreicht. Es bleibt nur zu hoffen, dass der kulturelle Fortschritt so bald wie möglich zu Lösungen für die von ihm selbst verursachten Probleme führt.

DIE INFORMATIONS-GESELLSCHAFT

Die menschliche Rasse ist einzigartig in ihrer Vielfalt an sozialen Gruppierungen und individuellen Tätigkeiten. Das ist die Folge verfügbarer Informationen oder der Kultur, in der die Personen leben.

Kommunikation ist die Grundlage des menschlichen Zusammenlebens. Ihre Bedeutung wächst mit zunehmender Zahl der Teilnehmer. Teamarbeit erfordert häufigen Informationsaustausch, damit die Handlungen der verschiedenen Personen aufeinander abgestimmt werden können.

STAMMESKULTUR

Die Kultur eines Stammesmitglieds wird im Allgemeinen durch die Informationen gebildet, die seinen engsten Lebensraum betreffen, von dem er jedes Detail genau kennt.

KONTAKTE

In früheren Zeiten pflegte ein Stamm nur selten gute Beziehungen zu den Nachbarstämmen. Folglich war es schwierig, Informationen über weit entfernte Orte oder Menschen zu erhalten, und jeder isolierte Stamm entwickelte eine eigene Sprache und eigene Traditionen.

TECHNOLOGISCHER FORTSCHRITT

Menschen greifen häufig neue Technologien auf, ohne ausreichend mit deren Funktionsweise vertraut zu sein, oder sie werden damit konfrontiert, ohne ihren Nutzen oder ihre Entwicklung auch nur annähernd nachvollziehen zu können.

Auslösung von Schlüsselreizen

Die verschiedenen Verhaltensweisen sind ausschließlich an die jeweilige Situation gebunden, zu der sie passen, und treten nie gemeinsam auf. Wie wissen die Tiere, wann der richtige Augenblick für ein bestimmtes Verhalten gekommen ist?

Die vielfältigen Verhaltensformen, über die ein Individuum verfügt, sind das Ergebnis einer langen Evolution. Sie sind für das Tier lebensnotwendig, denn ohne ein seiner Lebensweise entsprechendes Verhalten könnte es nicht existieren. Man denke zum Beispiel an eine Henne, die keine Eier mehr legt und sich dann nicht mehr fortpflanzt. Aber auch das Gegenteil kann für das Tier gefährlich sein. Ein übermäßiges Verhalten hat die Vergeudung von lebensnotwendiger Energie, Zeit und Vorteilen zur Folge. Wenn zum Beispiel eine Maus ohne offensichtlichen Grund häufig Fluchtreaktionen

ALTERNATIVE VERHALTENSFORMEN
Tiere können unter scheinbar gleichen Umständen ganz verschiedene Verhaltensweisen an den Tag legen, wenn die äußeren Bedingungen sich ändern. Deshalb sind die Reaktionen der Tiere so schwer vorherzusehen.

zeigt, verschwendet sie viel Energie, die sie nicht mehr zurückgewinnen kann, da sie kaum Zeit hat, sich ausreichend zu ernähren. Sie pflanzt sich nicht mehr fort und je mehr sie herumläuft, umso mehr riskiert sie, von einem Feind entdeckt zu werden oder ihm gar in die Fänge zu laufen.

Der richtige Zeitpunkt für ein bestimmtes Verhalten wird bei Tieren durch das Auslösen von so genannten Schlüsselreizen signalisiert. Ein Geräusch oder eine plötzliche Bewegung verursachen in der Regel eine Schreckreaktion mit der darauf folgenden Flucht oder Verteidigung. Der Geruch oder Anblick von Nahrung lösen das Fressverhalten aus, die Anwesenheit eines Partners animiert zum Balzverhalten. Doch es ist nicht immer so einfach. Würde bei einem

Der einsame Wolf
greift die Herde von Karibus nicht an. Ohne die Hilfe seiner Artgenossen wäre es für ihn reine Energieverschwendung, Tiere dieser Größenordnung zu jagen.

Der männliche Elefant
zeigt kein Interesse an der Gruppe von Elefantenkühen in seiner Nähe. Der Grund dafür ist, dass sie sich nicht in der Brunst befinden, das heißt, sie sind nicht bereit für eine Paarung. Eine Werbung wäre für den Elefantenbullen daher nur eine sinnlose Anstrengung.

Vogel die alleinige Anwesenheit eines möglichen Partners genügen, um ein Balzverhalten auszulösen, dann wäre dies außerhalb der Zeit der Empfängnisbereitschaft des Weibchens reine Zeitverschwendung.

Tatsächlich geschieht das nicht, denn die Verhaltensweisen werden nicht durch einen einzigen Reiz ausgelöst, sondern durch mehrere. Erst das Zusammentreffen verschiedener Faktoren veranlasst das Tier, positiv auf den Schlüsselreiz zu reagieren, das heißt, das angemessene Verhalten an den Tag zu legen. Dabei spielen die Geschlechtsreife des Individuums, die Umgebungstemperatur, die Tageslänge und viele andere Bedingungen eine Rolle, die dem Tier zu erkennen geben, ob es fortpflanzungsfähig ist und ob der Zeitpunkt dafür geeignet ist. Wie beim Start eines Weltraum-Shuttles ist das Tier nur dann bereit zur Fortpflanzung, wenn alle Voraussetzungen dafür stimmen und gewissermaßen »grünes Licht« gegeben wird. Der eigentliche Start erfolgt erst, wenn das Kommando für die Zündung der Antriebsstufen gegeben ist, das heißt, wenn das Tier einen potentiellen Partner gefunden hat.

Die Rolle der Hormone

Die Abläufe, die diesen Prozessen zu Grunde liegen, sind ziemlich kompliziert, denn sie müssen eine ganze Reihe unterschiedlicher Informationen berücksichtigen. Sehr oft sind Hormone dabei im Spiel, das sind Substanzen, die im Blutkreislauf freigesetzt werden. Sie wirken auf alle Organe ein, von denen der erfolgreiche Ablauf eines Verhaltens abhängt, und teilen ihnen mit sich »bereitzuhalten«. Die Hormone werden von spezifischen Drüsen erzeugt

DIE JAHRESZEITLICHEN ZYKLEN

Die Tiere spüren die jahreszeitlichen Veränderungen und reagieren mit dem entsprechenden Verhalten.

Fortpflanzung
Weißstörche pflanzen sich in weiten Teilen Europas während des Frühlings fort, wenn es genügend Nahrung für die Aufzucht der Jungen gibt.

Migration
Im Herbst ziehen die in Osteuropa lebenden Vögel über den Bosporus nach Afrika. Im darauf folgenden Frühjahr kehren sie auf dem gleichen Weg wieder zurück.

Überwinterung
Den Winter verbringen sie in Afrika, meist in den Gebieten südlich der Sahara.

als Reaktion auf unterschiedliche Signale, die vom Tier selbst oder von der Außenwelt kommen. Die Nervenzellen werden sowohl von Signalen beeinflusst, die von anderen Nervenzellen kommen, als auch von Hormonen. Ein bestimmtes Verhalten wird nur dann ausgelöst, wenn die Kombination zweier Signalarten zusammenpasst. Zum Beispiel sind die Sexualhormone in starker Konzentration nur in geschlechtsreifen Individuen vorhanden, die sich in der Fortpflanzungszeit befinden. Diese Tiere sind bereit, mit dem Werben, der Balz, zu beginnen, sobald sie auf einen Partner des anderen Geschlechts treffen.

Es gibt auch Schlüsselreize, die weniger präzise nur undeutlich ausgeprägt sind. Sie lösen zum Beispiel den Winterschlaf oder die Migration, die Wanderung mancher Tierarten, aus. Der Igel sucht sich sein Winterquartier auf Grund eines inneren

POPULATIONSDICHTE

Dieser Faktor bezeichnet die Zahl der Individuen, die in einem bestimmten Lebensraum zusammenleben. Die Populationsdichte ist ein wichtiger Faktor für das Verhalten, besonders bei so sozialen Tierarten wie den Flusspferden.

Überpopulation

Ist die Populationsdichte sehr hoch, kommt es häufig zu Konkurrenzkämpfen um die Nahrung, um den Platz unmittelbar unter der Wasseroberfläche und um die Weibchen. In einer solchen Situation kann es vorkommen, dass die Auseinandersetzungen der männlichen Flusspferde tödlich enden.

Raum genug für alle
Wenn genügend Platz vorhanden ist, kommt es nur selten zu heftigen Auseinandersetzungen unter ausgewachsenen Flusspferden.

»Drucks«, der immer stärker wird. Dabei ist es nicht vorhersehbar, wann genau das Tier sich zum Winterschlaf verkriecht, denn das hängt nicht von einem momentanen Reiz ab, der von den Zellen übermittelt wurde, sondern vom Hormonspiegel, das heißt von der Konzentration bestimmter Substanzen im Organismus, die durch ständige, über eine längeren Zeitraum hinweg empfangene Reize reguliert werden.

Die Zyklen des Menschen

Der Mensch hat keine jahreszeitlichen Zyklen wie Winterschlaf oder Migration. Es ist anzunehmen, dass diese Zyklen für solche Tierarten typisch sind, die in Gebieten mit starken klimatischen Schwankungen zwischen Sommer und Winter leben und die deshalb ihren gewohnten Lebensstil nicht das ganze Jahr aufrecht erhalten können.

Die »Wiege« der menschlichen Spezies lag vermutlich in Zentralafrika, wo es keine klimatischen Unterschiede zwischen den Jahreszeiten gibt, die ein solches Verhalten veranlassen könnten. Auch die Fortpflanzung ist nicht auf bestimmte Jahreszeiten beschränkt und wird nur vom Zeitpunkt des Eisprungs der Frau, der nach außen nicht erkennbar ist, hormonell gesteuert.

So sind Werbung und Paarung beim Menschen ganzjährig möglich. Wissenschaftler sind zu dem Schluss gekommen, dass sich dies positiv auf die Dauer der Paarbindung auswirkt, im Gegensatz zu anderen Gattungen, bei denen Männchen und Weibchen nur kurze Zeit zusammenbleiben. Außerdem ist eine feste Paarbindung nützlich für die erforderliche langjährige Betreuung und Erziehung der Kinder.

Im Organismus des Menschen gibt es jedoch andere Rhythmen, die so genannten zirkadianen Rhythmen, die durch eine »innere Uhr« auf der Grundlage von Tag und Nacht bestimmt werden. Davon können alle diejenigen berichten, die lange Flugreisen unternehmen und unter dem so genannten Jetlag leiden. Das ist die englische Bezeichnung für Beschwerden, die auftreten, wenn die »innere Uhr« noch auf die Zeitzone des jeweiligen Herkunftslandes eingerichtet ist.

Das Großstadtleben
Unsere moderne Welt weist besonders in den Großstädten eine Bevölkerungsdichte auf, die ein sinnvolles Maß schon jetzt bei weitem übersteigt. Das hat zu Veränderungen der ursprünglichen sozialen Verhaltensweisen geführt. Da es bei der heutigen Überbevölkerung nicht mehr möglich ist, mit allen Menschen Kontakte zu pflegen, reagiert der Mensch zunehmend mit Gleichgültigkeit auf das Schicksal seiner Mitmenschen.

Der Ursprung der Gesellschaft
Das Zusammenleben in einem Stamm ist die ursprüngliche Gesellschaftsform des Menschen. In einem Stamm hat jedes Mitglied Beziehungen zu den anderen, man leistet sich gegenseitig Hilfe und arbeitet zusammen.

Das Sexualverhalten

Die natürliche Auslese und somit das Leben selbst wäre ohne Fortpflanzung nicht möglich. Sie bestimmt, direkt oder indirekt, alle Merkmale eines Organismus, einschließlich seines Verhaltens.

Es gibt viele Fortpflanzungsarten, doch alle lassen sich auf einen gemeinsamen, grundlegenden Nenner zurückführen. Zunächst einmal unterscheidet man zwischen geschlechtlicher und ungeschlechtlicher Fortpflanzung. Der Unterschied besteht darin, dass bei der geschlechtlichen Fortpflanzung die Erbanlagen zweier Individuen vereint werden, um neue zu erzeugen. Bei der ungeschlechtlichen Fortpflanzung erzeugt ein einzelnes Individuum nur Kopien seiner selbst. Ein Beispiel dafür sind die Plattwürmer oder Planarien. Werden sie in der Mitte durchgeschnitten, dann bildet jeder Teil wieder einen vollständigen Organismus. Der Vorteil bei der geschlechtlichen Fortpflanzung liegt darin, dass die Nachkommen mit keinem Elternteil identisch sind, sondern

See-Elefanten
Im Herbst kämpfen die Männchen äußerst heftig um die Kontrolle über das Revier, in dem sich die Weibchen aufhalten. Dieses Brunstverhalten hat sich vermutlich deshalb entwickelt, weil sich die Weibchen in großen Gruppen sammeln, um ihre Jungen zu gebären und aufzuziehen. Nach der Geburt sind die Weibchen sofort wieder zur Paarung mit dem Anführer der Männchen bereit. Damit haben sie die besten Möglichkeiten zur Fortpflanzung.

eine unterschiedliche Kombination elterlicher Merkmale aufweisen. Auf diese Weise steigt die Wahrscheinlichkeit, dass wenigstens ein Nachkomme die geeigneten Merkmale besitzt, die ihm das Überleben unter neuen Umweltbedingungen ermöglichen.
Bei manchen Tierarten mit geschlechtlicher Fortpflanzung gibt es männliche und weibliche Individuen. Bei anderen Arten kann ein einzelnes Individuum sowohl die männliche als auch die weibliche Rolle übernehmen, und zwar nach Bedarf oder in verschiedenen Lebensabschnitten.
Die Gattungen, bei denen die Individuen jeweils nur ein Geschlecht haben, sind vom verhaltensbiologischen Standpunkt aus die interessantesten. Denn die jeweiligen Geschlechter übernehmen bestimmte Rollen und entwickeln folglich ganz spezifische Verhaltensweisen.

DIE GESCHLECHTLICHE VERMEHRUNG

Die Tiere vereinen auf verschiedene Weisen ihre genetischen Anlagen und werden so zum Ursprung für ein neues Lebewesen.

Schnecken
sind Hermaphroditen oder Zwitter, das heißt, jedes Individuum hat sowohl weibliche als auch männliche Merkmale. Während der Paarung befruchtet jede Schnecke die Eier der anderen. Hier kann man keinen Unterschied im Verhalten der Partner feststellen, denn die Beziehung ist vollkommen gleich.

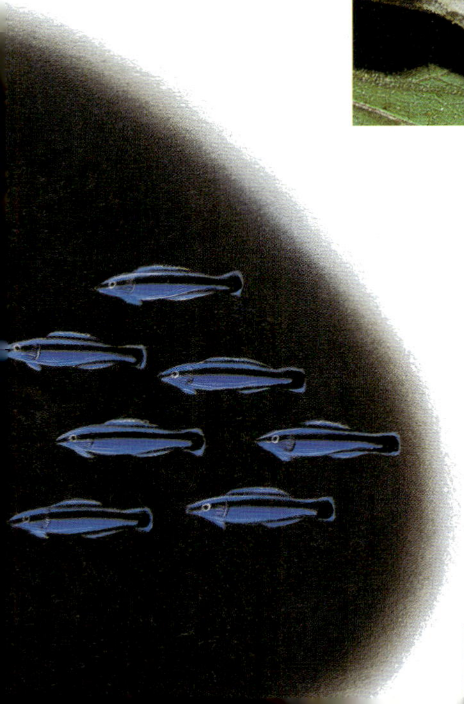

Labroides dimidiatus
Ein Schwarm *Labroides dimidiatus*, der als »Putzerfisch« im Pazifik lebt, besteht aus einem Männchen und vielen Weibchen. Das Geschlecht ist bei der Geburt noch nicht festgelegt. Alle Individuen werden als Weibchen geboren. Stirbt das Männchen des Schwarms, dann wechselt eines der größeren Weibchen das Geschlecht und nimmt die Stelle des Männchens ein.

KÄMPFEN, UM GEWÄHLT ZU WERDEN

Die Weibchen der Kob-Antilopen paaren sich mit den stärksten Männchen. Sie wählen sie auf Grund der Größe des Reviers aus, das die Männchen erobert und gegen Rivalen verteidigt haben.

Die stärksten Männchen sind siegreich aus den Kämpfen hervorgegangen und konnten sich deshalb kleine Reviere im zentralen Bereich des Habitats sichern.

Man unterscheidet im Wesentlichen drei Arten zwischengeschlechtlicher Beziehungen: Bei der Polygynie paart sich ein Männchen mit mehreren Weibchen, bei der Polyandrie paart sich ein Weibchen mit mehreren Männchen, bei der Monogamie vollzieht sich die Paarung zwischen einem Männchen und einem Weibchen. Was ist der Grund für diese verschiedenen Verhaltensweisen? Betrachten wir doch einmal den Aufwand, den die beiden Geschlechter zur Fortpflanzung betreiben, das heißt, die aufgebrachte Energie, um Nachkommen zu zeugen. Der wesentliche Unterschied liegt in der Größe der Keimzellen (Gameten), das

Die Männchen an der Randzonen des Habitats haben größere Reviere, doch weniger Gelegenheit, sich mit Weibchen zu paaren.

Die Weibchen suchen sich zur Paarung die Männchen im Zentrum des Habitats aus.

heißt der Zellen, die, jeweils eine vom Vater und eine von der Mutter, miteinander verschmelzen und dabei die erste Zelle des neuen Organismus bilden. Während die Weibchen verhältnismäßig große Keimzellen (Ei) bilden, sind die Keimzellen der Männchen klein (Spermium). Die beiden Geschlechter auf Grund dieser Merkmale zu unterscheiden, wenn es viele andere, besser sichtbare Unterschiede gibt, mag seltsam erscheinen. Aber die Unterschiede in Körperform und Verhalten zwischen Männchen und Weibchen sind von der Größe der jeweiligen Keimzellen abhängig.

Der Zeit- und Energieaufwand der Weibchen zur Produktion der Eier, also der

Keimzellen, die das gesamte, für die Entwicklung des neuen Organismus notwendige Material beinhalten, ist sehr viel höher als beim Männchen. Eine Ausnahme bilden hier nur die Eier der Säugetiere, die wenig Nährstoffe liefern. Doch auch in diesem Fall investiert das Weibchen mehr in die Entwicklung der Nachkommenschaft, denn die Embryonen erhalten die nötigen Nährstoffe vom Körper der Mutter, in dem sie sich entwickeln. Die Männchen benötigen nicht viel Energie, um die Spermien zu produzieren, und diese enthalten auch keine Nährstoffe, sondern lediglich die erforderlichen genetischen Informationen zum Bau des neuen Organismus.

MÄNNLICHE UNTERSTÜTZUNG

Wenn das Weibchen allein nicht in der Lage ist, die Jungen aufzuziehen, kann sich das Männchen stärker an der Brutpflege beteiligen. In einigen Fällen geschieht das so intensiv, dass die Weibchen miteinander wetteifern, um mehrere Männchen in ihr Revier zu locken.

Amerikanische Jassana
Dieses südamerikanische Blatthühnchen bevorzugt die Wasseroberfläche als Lebensraum zur Nahrungssuche und zur Fortpflanzung. Die Nester sind jedoch sehr unsicher gebaut und die Eier fallen häufig ins Wasser. Deshalb legt das Weibchen nicht seine gesamten Eier in einem einzigen Nest ab, sondern in mehreren Gelegen und vertraut jedes einem anderen Männchen an.

Die Rollenverteilung
Während die Weibchen ihre Energie in das Eierlegen investieren, übernehmen die Männchen das Brüten. Sollte ein Gelege verloren gehen, können sie sich erneut paaren. Ohne die Hilfe des Männchens wäre das Weibchen nicht in der Lage, Eier zu legen und sie auszubrüten, was die Fortpflanzungsmöglichkeiten natürlich auf Null reduzieren würde.

Begehrte Männchen
Die Männchen unterstützen die Weibchen beim Brutgeschäft und die Weibchen wetteifern untereinander, um so viele Männchen wie möglich in ihr Revier zu locken. Im Gegensatz zur sonst üblichen Verteilung findet hier ein Rollentausch zwischen den Geschlechtern statt.

Der Rallenkranich
lebt im selben Lebensraum wie die Jassanas, weist aber eine andere Rollenverteilung auf: Männchen und Weibchen (vorne) bleiben zusammen und ziehen gemeinsam die Nachkommen auf.

Deshalb bilden die Männchen viel mehr Keimzellen in viel kürzerer Zeit als die Weibchen. Während die Nachkommenzahl, die ein Weibchen im Laufe ihres Lebens produzieren kann, von physiologischen Merkmalen und ihrem Verhalten abhängt, ist die des Männchens viel höher und nur durch die Paarungsmöglichkeiten eingeschränkt.

Es liegt auf der Hand, dass ein Weibchen bei einer falschen Paarung mehr zu verlieren hat als ein Männchen. Deshalb sind die Weibchen selektiv, das heißt sie wählen sich sehr aufmerksam das Männchen mit den besten Merkmalen aus und sichern somit ihren Nachkommen die Eigenschaften, mit denen sie ihrem Lebensraum am besten angepasst sind. Das Männchen dagegen kann es sich durchaus leisten, weniger wählerisch zu sein und mehr Wert auf die

Häufigkeit der Paarungen und damit die Zahl der Nachkommen zu legen als auf die Qualität des Partners, also der Eigenschaften der Nachkommen.

Die in Bezug auf Qualität wählerischen Weibchen zwingen die Männchen zum Wettkampf untereinander. Um sich gegenüber ihren Rivalen wirksam durchzusetzen, nehmen die Männchen eine Art Monopolstellung bei mehreren Weibchen in Anspruch. Dieses Fortpflanzungssystem bezeichnet man als Polygynie, es sichert den Männchen den Vorteil einer größeren Nachkommenschaft und den Weibchen die Befruchtung durch die besten Männchen.

Erfordert das Überleben der Nachkommen größeren Aufwand, den das Weibchen allein nicht erbringen kann, zeigt das Männchen ebenfalls Interesse an der Aufzucht der Nachkommen. In diesem Fall kann das Männchen keine Zeit und Energie damit verschwenden, mehrere Weibchen zu befruchten. Es bleibt bei einem Partner und widmet sich gemeinsam mit diesem der Jungenaufzucht. Dieses Fortpflanzungsverhalten bezeichnet man als monogam.

In bestimmten Einzelfällen ist der Einsatz der Männchen in Bezug auf die Fortpflanzung höher als der der Weibchen. Dann wetteifern die Weibchen mit ihren Geschlechtsgenossinnen um die Gunst der Männchen. Das geschieht bei den Arten, die Polyandrie betreiben.

Sexuelle Selektion und Werbung

Die unterschiedliche Art der Fortpflanzung bewirkt, wie wir gesehen haben, ein voneinander abweichendes Verhalten und Vorgehen der beiden Geschlechter. Wie kommt es zum in der Wissenschaft so genannten

Der Haubentaucher lebt in den gemäßigten Zonen aller Kontinente mit Ausnahme Amerikas. Männchen und Weibchen bilden in der Regel ein festes Paar, das gemeinsam Brutpflege betreibt.

DIE BALZ

Männchen und Weibchen haben ein kompliziertes Ritual entwickelt, um sich gegenseitig zu umwerben. Dabei werden die spezifischen Verhaltensweisen dieser Art deutlich.

Die Vorführung

Während der Balz werden die bunten Kopffedern hoch aufgestellt. Männchen und Weibchen zeigen keine geschlechtsspezifischen Verhaltensweisen, bei beiden spielt sich das gleiche, festen Regeln folgende Ritual ab.

Der »Blättertanz«

In einem bestimmten Abschnitt der Balz halten beide Tiere Grashalme und Blätter im Schnabel, die sie sich gegenseitig mit auffallenden Kopfbewegungen anbieten. Man nimmt an, dass dieses Ritual dem Nestbauverhalten entspricht, zu dem vor allem Wasserpflanzen verwendet werden.

SEXUELLE SELEKTION
Der Kampf um die Paarung führt bei Männchen und Weibchen zur Entwicklung geschlechtsspezifischer Merkmale (Geschlechtsdimorphismus).

Die Hirschziegenantilope
lebt in Steppengebieten Indiens; die Männchen kämpfen miteinander, um sich mit den Weibchen paaren zu können. Wie viele Gras fressende Säugetiere besitzen die Männchen große, kräftige Hörner, die bei den Zweikämpfen zum Einsatz kommen.

Das Pfauenmännchen
Im Wettstreit mit Rivalen besticht es nicht durch Stärke, sondern durch sein Aussehen. Mit den auffälligen Schwanzfedern schlägt es das für ihn charakteristische Rad, um dem Weibchen damit zu imponieren.

Das Weibchen der Hirschziegenantilopen
akzeptiert als Partner dasjenige Männchen, das Sieger im Zweikampf wurde, sucht also nicht selbst das Männchen mit den herausstechendsten Eigenschaften aus.

Das Pfauenweibchen
wählt das Männchen und entscheidet dabei, wer aus dem Wettstreit als Sieger hervorgeht. Welche Körpermerkmale der Männchen weitervererbt werden, wird also gewissermaßen durch weibliche Ansprüche festgelegt.

Geschlechtsdimorphismus, das heißt der Ausprägung verschiedener Körpermerkmale zwischen Männchen und Weibchen? Diese Erscheinung ist eines der faszinierendsten Beispiele dafür, wie das Verhalten zu starken morphologischen Veränderungen führen kann, und zwar über einen evolutionären Prozess, den man als sexuelle Selektion bezeichnet.

Bei den Tierarten, die im Beziehungssystem der Polygynie leben, kann der Wettbewerb unter den Männchen auf zwei Arten ablaufen: Im ersten Fall pflanzen sich nur die Männchen fort, die im Wettkampf ihre Rivalen besiegen, das heißt, die Auslese findet unter den Männchen statt. Im zweiten Fall wählen die Weibchen diejenigen Männchen aus, die während der kurzen Zeit der Werbung bewiesen haben, dass sie gesund sind, über für die Umweltbedingungen geeignetes Erbgut verfügen und somit eine stabile Nachkommenschaft garantieren. Beide Formen der sexuellen Selektion haben zur Folge, dass die Männchen andere Körperformen entwickeln als die Weibchen. Im ersten Fall sind sie größer und verfügen über spezielle Merkmale, die sie kampfstark machen; im zweiten Fall treten die von den Weibchen geforderten Merkmale in den Vordergrund. Dasselbe lässt sich bei den Arten beobachten, die in Polyandrie leben, nur sind dann die Rollen zwischen den Geschlechtern vertauscht.

Bei monogamen Arten, die in enger Paarbindung leben, ist sexuelle Selektion nicht erforderlich, so dass sich theoretisch alle Individuen gleichermaßen fortpflanzen können. Dennoch zeigen sowohl Männchen als auch Weibchen Interesse daran, sich mit Individuen zu paaren, deren Merkmale

überdurchschnittlich gut ausgeprägt sind. Es kommt also auch hier durchaus zur Auswahl, zum Wettbewerb und somit zu einer sexuellen Selektion. Die Darbietung des Männchens nennen wir Werbung oder Balz. Das Männchen versucht dabei, das Weibchen davon zu überzeugen, dass er der geeignete Partner für sie ist.

Die Balz hat jedoch auch eine andere, äußerst wichtige Funktion: Sie ermöglicht es den Geschlechtern, sich als Angehörige derselben Art zu erkennen. Wäre dies nicht der Fall, würden die Individuen unnütz Energie vergeuden, denn nur Partner der gleichen Art können ja fruchtbare Nachkommen zeugen. Kommt es dennoch zur Kreuzung erbmäßig unterschiedlicher Partner, tragen die daraus entstanden Bastarde das Erbgut verschiedener Arten und sind ihrem jeweiligen Lebensraum folglich nicht optimal angepasst.

POLYGAMIE BEIM MENSCHEN

Besondere Umstände können dazu führen, dass die menschliche Gesellschaft Fortpflanzungsstrategien entwickelt, die sich von der aus Mann und Frau bestehenden Kernfamilie unterscheiden.

Die Yanomami
sind Jäger und Sammler und leben im Regenwald des Amazonas. In ihrer Gesellschaft ist es üblich, dass ein Mann mehrere Frauen hat. Das gilt jedoch nur für einige Männer in gehobener gesellschaftlicher Position. Daraus folgt, dass andere Männer nicht heiraten können oder erst später, wenn sie bereits sehr viel älter sind als die Frauen.

Die Ladakhi
sind ein Bauern- und Hirtenvolk und leben in einer Region Indiens an der Grenze zu Tibet. Ihre Familienstruktur ist von den geografischen Gegebenheiten geprägt, das heißt, es gibt keine großen Felder zum Bebauen. So erbt der älteste Sohn das Grundstück der Familie und heiratet. Die anderen Söhne haben keine eigenen Felder, können also keine eigene Familie ernähren und bleiben deshalb beim Bruder, mit dem sie sich die Frau teilen.

Die Beziehung Mann-Frau

Auch bei den Menschen ist der Aufwand zur Fortpflanzung bei Frauen und Männern unterschiedlich groß. Die Frau trägt die Last der Schwangerschaft und die Möglichkeit, Kinder in die Welt zu setzen, ist begrenzt auf die fruchtbare Zeit zwischen Pubertät und Wechseljahren. Der Mann dagegen kann ohne weiteren Aufwand mit mehreren Frauen auch im hohen Alter eine beliebige Zahl von Kindern zeugen. Zwischen der fürsorglichen Aufzucht und der Zahl der Kinder hat sich ein Gleichgewicht eingestellt. Die Verhältnisse in der modernen Gesellschaft haben die Tendenz zur Monogamie gefördert, auch wenn sie nicht überall vorherrscht. Aber noch wissen wir nicht, welchem Prinzip das Fortpflanzungsverhalten unserer Vorfahren einmal entsprach.

Die Eltern-Kind-Beziehung

Die natürliche Auslese fördert nicht etwa diejenigen Individuen, die eine große Zahl Kinder zeugen, um das Überleben ihrer Art zu gewährleisten, sondern vielmehr jene, deren Erbgut über lange Zeiträume im Lauf mehrerer Generationen auf die Nachkommenschaft übertragen wird.

Bei einigen Arten beschränkt sich die Fortpflanzung auf die Produktion von Keimzellen und die Befruchtung der Eier durch die Spermien, bei anderen gehört auch die Aufzucht der Jungen dazu. Im ersten Fall ist die Zahl der Jungen meist sehr hoch, doch ihre Überlebenschancen bis zur Geschlechtsreife sind nur gering. Da sich der Aufwand auf die Zeugung beschränkt und keine Brutfürsorge erfolgt, lässt sich der Verlust eines Teils der Jungtiere verkraften und die Nachkommenschaft bleibt trotzdem gesichert.

Der Pottwal ist eines der größten Meeressäugetiere. Er wird bis zu 18 Metern lang, bis zu 50 Tonnen schwer und kann bis zu 70 Jahre alt werden. Die Weibchen gebären jeweils nur ein Junges und kümmern sich mehrere Jahre lang um dessen Aufzucht.

ZAHL DER NACHKOMMEN
Einige Tierarten zeugen viele Kinder, von denen nur wenige überleben. Andere bringen nur wenige Kinder zur Welt, deren Überlebenschancen jedoch deutlich höher sind.

Arten, die Brutfürsorge betreiben, setzen dagegen nur wenige Kinder in die Welt, die jedoch mit hoher Wahrscheinlichkeit das Fortpflanzungsalter erreichen, und zwar durch die elterliche Pflege. Diese beschützen das Gelege nach der Befruchtung, wärmen es und führen ihm Sauerstoff zu, so dass sich der Embryo gut entwickeln kann. Später ernähren sie die Jungen und verteidigen sie gegen Feinde. Bei einigen Tierarten mit ausgeprägten Verhaltensweisen und hohem Lernvermögen können die Eltern den Jungen besondere Verhaltensformen übermitteln, sie über ihre Umgebung und die darin lauernden Gefahren aufklären und ihnen ganz allgemein jene Kenntnisse übertragen, die sie zum Überleben brauchen.

Der junge Pottwal
ist bei seiner Geburt vier Meter lang und wiegt über 500 Kilogramm. Er ist vollständig von seiner Mutter abhängig, die ihn zwei Jahre lang säugt und ihn vor Feinden beschützt. Manchmal sorgt eine Pottwalmutter auch länger für ihr Junges, in Ausnahmefällen bis zu 13 Jahre.

Quallen
erzeugen viele Kinder, kümmern sich aber nicht darum. Viele Arten beschränken sich darauf, Eier und Spermien in das Wasser abzugeben, die sich dann vereinigen und zu neuen Quallen heranwachsen. Bei anderen Arten erfolgt die Befruchtung im Körper einer ausgewachsenen Qualle und die Jungen werden im frühesten Stadium ihrer Entwicklung sich selbst überlassen.

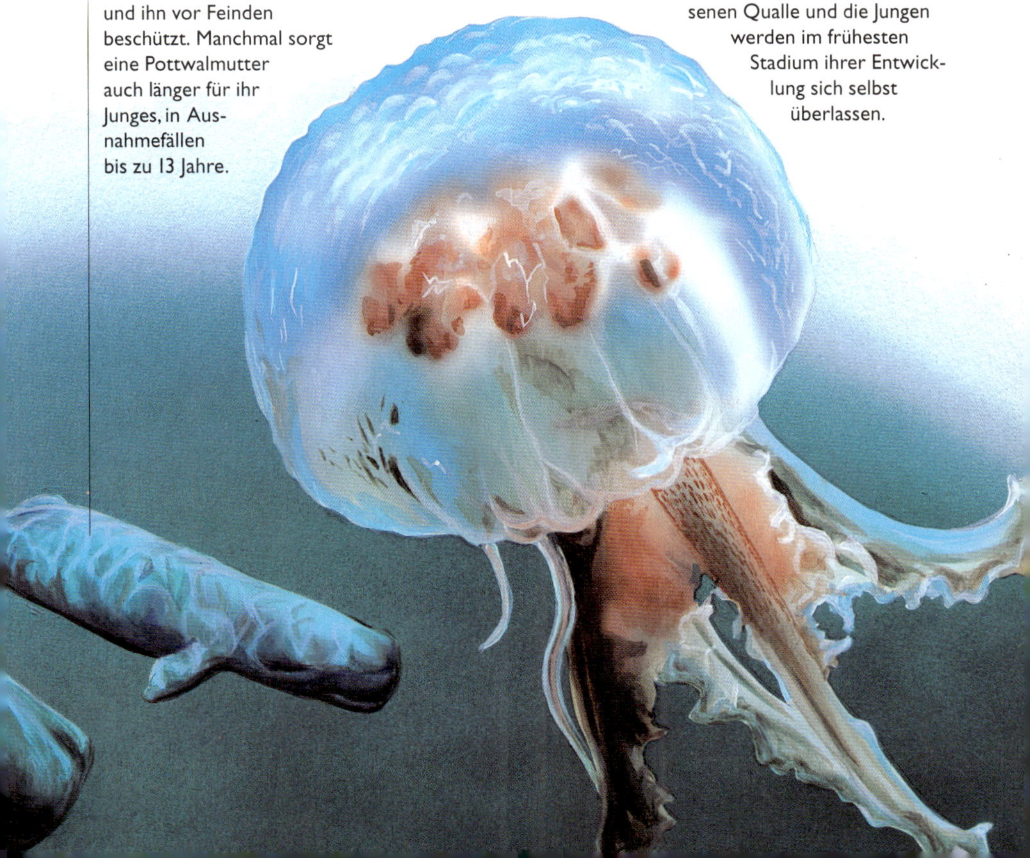

Das Nashorn
Dieser mächtige Grasfresser lebt in den Savannen Afrikas. Während die Eltern auf Grund ihrer Größe vor Feinden sicher sind, stehen die Jungen, bis sie ausgewachsen sind, unter dem Schutz der Mutter.

DIE AUFZUCHT DER JUNGEN

Die Fürsorge der Eltern kann unterschiedlich sein. Einige Tierarten konzentrieren sich hauptsächlich darauf, die Jungen vor Raubtieren zu schützen, andere bringen ihren Nachkommen bei, sich in der Umwelt zurechtzufinden.

Der Generationenkonflikt

Bei den meisten Tierarten, die Brutpflege betreiben, wird diese nur von einem Elternteil übernommen, selten von beiden. Warum ist das so? Wäre es nicht vorteilhafter für die Nachkommen, von beiden Eltern betreut zu werden? Das ist zweifellos richtig, aber bei der Art und Intensität der Eltern-Kind-Beziehung zählt nicht nur das Wohl der Kinder, sondern auch das der Eltern. Die Ansprüche der Kinder sind aber in der Natur bei weitem nicht immer mit den Interessen der Eltern in Einklang zu bringen.
Eltern neigen dazu, eine ausreichend große Zahl von Kindern zu zeugen, damit von

diesen ein Mindestmaß fortpflanzungsfähiger Individuen überlebt, die die weitere Nachkommenschaft sichern können.
Deshalb wird Brutpflege in der Regel nicht bis zur Geschlechtsreife betrieben, sondern nur bis zu dem Zeitpunkt, an dem das Risiko, dass die Jungen allein nicht überleben, ausgeschlossen werden kann. Anschließend können sich die Eltern dann wieder neuen Nachkommen widmen.
Männchen und Weibchen verfolgen dabei aufgrund ihrer geschlechtsspezifischen Merkmale durchaus unterschiedliche Strategien, was aber das optimale Verhältnis

Eindrucksvolle Jägerin
Das Gepardenweibchen verdankt ihrer großen Geschicklichkeit und Jagderfahrung sowie der Kenntnis der Beute die Fähigkeit, zu überleben und sich fortzupflanzen. Diese Erfahrung gibt sie an die Jungen weiter, damit auch deren Existenz gesichert ist.

Der Gepard
ist ein einsamer Jäger, der ganz allein die schnellen Beutetiere jagt, von denen er sich ernährt. Die Jungen folgen bereits in frühester Kindheit der Mutter auf ihren Jagdzügen, um von ihr so viel wie möglich zu lernen bis zu dem Zeitpunkt, ab dem sie auf sich selbst gestellt sein werden.

zwischen der Zahl der Kinder und deren Überlebenschancen gewährleistet.

Wie bereits erwähnt, investieren die Weibchen mehr Zeit und Energie in jeden einzelnen Nachkömmling und können deshalb nur eine begrenzte Zahl von Kindern in die Welt setzen. Sie legen bei der Fortpflanzung besonders viel Wert darauf, dass die Überlebenschancen ihrer Nachkommenschaft gesichert sind.

Brudermord

Bei Verreaux-Adlern ist der Erstgeborene aus dem Gelege größer als seine Geschwister und ihnen überlegen. Er holt sich mehr Nahrung, als ihm eigentlich zusteht. Die Geschwister werden infolge der schlechten Ernährung immer schwächer und sterben, auch auf Grund der Verletzungen, die ihnen der große Bruder zufügt. Die Eltern verhindern diesen Brudermord nicht, denn damit wird das Überleben wenigstens eines Jungen garantiert, falls die Nahrung knapp sein sollte.

Es gibt auch Beispiele, wo Männchen diese Rolle übernehmen. Bei vielen Fischarten verteidigen die Männchen das Revier, indem sie sich mit den dort eindringenden Weibchen paaren. Sie verbinden also die Verteidigung des Geleges auf ideale Weise mit der Möglichkeit, sich fortzupflanzen. Die Weibchen fühlen sich sogar angezogen von einem Männchen, das bereits ein Gelege hütet. Wenn jedoch ein Elternteil auch das Überleben nur weniger Kinder allein nicht garantieren kann, beteiligt sich auch der Partner an der Aufzucht.

Ein gutes Beispiel dafür ist das Brutgeschäft bei bestimmten Vogelarten. Sie investieren sehr viel Energie, um verhältnismäßig große Eier zu legen und auszubrüten und um die Jungen aufzuziehen, bis sie

GENERATIONENKONFLIKT
Eltern und Kinder verfolgen jeweils eigene Interessen, doch bei auftretenden Konflikten haben meistens die Eltern die Oberhand.

Entwöhnung
Im Lauf der Zeit werden die jungen Paviane von der Mutter immer entschiedener zurückgewiesen, bis sie sich ihr nicht mehr nähern dürfen. Die Jungen würden offensichtlich gern weiter umsorgt werden, doch dem natürlichen Muttertrieb entspricht es, sie sich selbst zu überlassen und sich neuen Nachkommen zu widmen.

BRUTPFLEGE
Die Jungenaufzucht kann vom Männchen, vom Weibchen oder von beiden übernommen werden, je nach den artspezifischen Bedürfnissen.

Ein sicherer Platz
Den mütterlichen Beutel wird das Känguru-Junge bald verlassen und einem neuen Bruder Platz machen müssen, doch es bleibt dennoch lange bei der Mutter. Wie bei den meisten Säugetieren kümmert sich auch beim Känguru nur das Weibchen um die Aufzucht der Jungen, bis diese in der Lage sind, für sich selbst zu sorgen.

selbstständig sind. Dieses Unternehmen ist so aufwendig, dass bei vielen Vogelarten die Eltern jeweils nur ein Junges großziehen können, obwohl sie beide an der Brutpflege beteiligt sind. In anderen Fällen wird das Weibchen vom Männchen gefüttert, um es beim anstrengenden Eierlegen und Ausbrüten zu unterstützen.

Die elterliche Fürsorge beim Menschen

Die Fähigkeit des Menschen, die Umwelt seinen Bedürfnissen entsprechend zu verändern, beruht nicht unbedingt auf seinen körperlichen Voraussetzungen, sondern auf seinem Intellekt, also seinen geistigen Möglichkeiten und Erfahrungen. Sie geben ihm die Fähigkeit, sich mit anderen Men-

Die Brut ist Sache der Männchen
Die Kaiserpinguine pflanzen sich in der Antarktis zu Beginn des Winters fort. Das Männchen brütet das einzige Ei aus, weit weg vom Wasser und ohne Nahrung zu sich zu nehmen. Es verliert während dieser Zeit fast die Hälfte seines Körpergewichts. Nach dem Schlüpfen des Jungen wird es vom Weibchen abgelöst und kann sich im Meer satt essen. Daraufhin kümmern sich beide Eltern um das Jungtier, bis sie im Sommer gemeinsam ins Meer zurückkehren können.

Das Seepferdchen
Wie bei vielen Fischen kümmert sich das Männchen um die Nachkommen. Beim Seepferdchen schützt es die Eier bis zum Ausschlüpfen in einer Tasche, die sich an seinem Bauch befindet.

Der Baumsteigerfrosch
Diese Art lebt in den Regenwäldern Mittelamerikas. Das Weibchen legt die Eier im Territorium des Männchens, das sie beschützt. Nach dem Ausschlüpfen kehrt das Weibchen zurück und bringt die Kaulquappen in kleine Regenwassertümpel, wo sie sich weiterentwickeln.

ENTWICKLUNG UND SOZIALISATION DES MENSCHEN

Die menschliche Spezies weist sich durch eine lange Kindheit aus, in der beide Eltern sich fürsorglich um den Nachwuchs kümmern. Die Zeitdauer hängt von den jeweiligen gesellschaftlichen Verhältnissen ab.

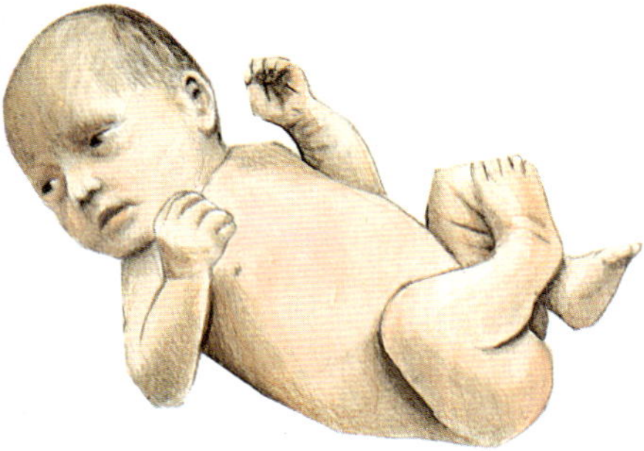

Bei der Geburt
Zu diesem Zeitpunkt ist das Menschenkind vollkommen hilflos. Seine einzige Tätigkeit besteht darin, Muttermilch zu trinken.

Mit einem Jahr
beginnt das Kind zu laufen.

Im Alter von zwei Jahren
Nun hat das Kind alle Milchzähne, es trinkt keine Muttermilch mehr, muss jedoch noch von den Eltern ernährt werden. Es beginnt auch, kurze Sätze zu sprechen.

Mit sechs Jahren
Das rasche Wachstum des Kindes verlangsamt sich etwas. Es hat jetzt alle Zähne, ist in der Lage, mit anderen zu kommuniziern, und beginnt, gesellschaftliche Verhaltensweisen aufzunehmen, wobei es dem Beispiel der Erwachsenen folgt.

Mit etwa 13 Jahren
Nun beginnt ein neuer Abschnitt raschen Wachstums. Es entwickeln sich Unterschiede im Verhalten von Jungen und Mädchen. Diese Zeit, in der die Geschlechtsreife erlangt wird, nennt man Pubertät. Obwohl der Mensch in diesem Alter, biologisch gesehen, erwachsen ist, wird er meist in der Gesellschaft noch nicht als volljährig betrachtet und bleibt weiterhin von den Eltern abhängig.

schen auszutauschen, Geräte, Kleider und Schutzvorrichtungen herzustellen, ein Leben in der Gruppe zu führen und Kenntnisse über die Umgebung, Gefahren und Nahrungsquellen zu erlangen. Alles das ist für den Lebensunterhalt unerlässlich und notwendig, um sich erfolgreich vor Feinden und widrigen Verhältnissen zu schützen.
Der Schlüssel zur Befriedigung dieser Grundbedürfnisse und zum Überleben liegt im Lernvermögen, das heißt, in der Fähigkeit, Informationen zu erwerben. Doch um zu lernen braucht man Zeit, und die Zeit, die ein Mensch braucht, um selbstständig zu werden, beträgt viele Jahre.
Um diesen Aufwand betreiben zu können, setzen menschliche Eltern im Laufe des Lebens nur wenige Kinder in die Welt, denn eine große Zahl wäre ohne entsprechende Fürsorge kaum überlebensfähig. Zu einem Teil der Fürsorge gehört, den Kindern eine Reihe wertvoller Informationen und Spielregeln für das Leben mit auf den Weg zu geben, die den Kindern sonst vorenthalten blieben. Diese kulturelle Überlieferung ist ein wesentlicher Bestandteil der menschlichen Spezies. Der nötige Aufwand, um die Kinder bis zur Geschlechtsreife und manchmal auch darüber hinaus zu betreuen, ist manchmal so groß, dass die Mutter allein dazu nicht in der Lage ist. Aus diesem Grund beteiligen sich beim Menschen, im Unterschied zu vielen anderen Säugetieren, beide Elternteile an der Aufzucht der Kinder.

Mit 20 Jahren
Das Wachstum ist beendet, doch es gibt Gesellschaftsformen, in der die Zeit des Erwachsenwerdens dann noch immer nicht abgeschlossen ist, so dass die Abhängigkeit von den Eltern fortbesteht.

Jäger und Gejagte

Die durch das Verhältnis von Räuber und Beute regulierte Auslese im Tierreich ist eine der wichtigsten Antriebskräfte der Evolution. Die Entwicklung der verschiedenen Lebensweisen hat zu unterschiedlichen Körperformen sowie Jagd- und Verteidigungstechniken geführt.

Die meisten Tiere sind im Laufe ihres Daseins unzähligen Gefahren ausgesetzt, zum Beispiel durch räuberische Arten, die ihnen nach dem Leben trachten. Um zu überleben und sich fortpflanzen zu können, haben viele Tiere deshalb nützliche Verteidigungsstrategien entwickelt.

Am besten ist man vor einem Angriff durch Tarnung geschützt, so dass der Räuber die Anwesenheit gar nicht bemerkt. Aus diesem Grund verharren manche Tiere oft unbeweglich an einem Ort, wo sie kaum sichtbar sind, und geben keinen Laut von sich. Diese Art der Verteidigung ist noch wirkungsvoller, wenn das Individuum versucht, sich seiner Umgebung anzupassen. Die Tierarten, die diese Strategie anwenden, sind oft in der Lage, die Farbe

Abschreckender Geruch
Das von den Drüsen des Stinktiers produzierte, übel riechende Sekret hält mögliche Feinde davon ab, dieses Tier anzugreifen.

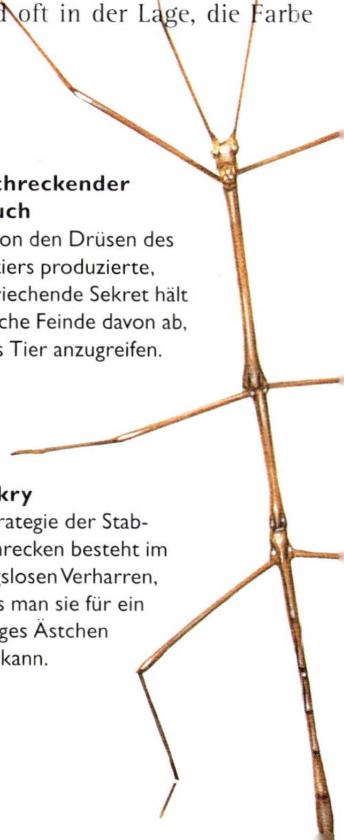

Mimikry
Die Strategie der Stabheuschrecken besteht im regungslosen Verharren, so dass man sie für ein beliebiges Ästchen halten kann.

der Umgebung anzunehmen. Dies ist manchmal aber nur begrenzt möglich: So ist die große, grüne Smaragdeidechse in einer Wiese fast unsichtbar. Läuft sie aber über einen Baumstamm oder ist das Gras durch Trockenheit vergilbt, wird das Tier für Raubvögel gut sichtbar.

Manche Arten haben diese Taktik perfekt ausgereift. Sie können ihre Hautfarbe, je nach dem Untergrund, auf dem sie sich befinden, mehr oder weniger ändern. Bekannte Beispiele sind das Chamäleon oder der Krake, der nicht nur die Farbe wechseln, sondern auch seine Hautoberfläche verändern und kräuseln kann.

Andere Tierarten versuchen gar nicht erst, unbeobachtet zu bleiben, sondern weisen ganz im Gegenteil Färbungen auf, mit

VERTEIDIGUNGSTAKTIK

Die Techniken, die von den verschiedenen Tierarten angewendet werden, um sich gegen Räuber zu verteidigen, sind vielfältig und manchmal sehr ungewöhnlich.

Haken schlagen

Die einzige Rettung besteht für den Hasen darin, seinen Jäger in Schnelligkeit und Gewandtheit zu übertreffen, um den sicheren Unterschlupf zu erreichen.

Stachelpanzer

Im Falle eines Angriffs verteidigt sich der Igel, indem er sich einrollt und so die auf seinem Rücken befindlichen Stacheln gegen den Feind richtet. Dabei schützt er zugleich die leicht verletzbare Bauchregion.

Achtung, giftig!

Der Marienkäfer sondert eine Flüssigkeit ab, die ihn ungenießbar macht. Mit der auffälligen Färbung will er möglichen Gegnern signalisieren, dass beim Verzehr Vergiftungsgefahr besteht.

Präriehunde
bilden Rudel, deren Mitglieder sich gegenseitig kennen, und verteidigen ihr Territorium gegen andere Gruppen. Die Reviergrenzen werden auf die nachfolgenden Generationen vererbt.

Der Wachtposten
Beim Aufenthalt im Freien halten die Gruppenmitglieder abwechselnd Wache.

DAS GRUPPENLEBEN MINDERT GEFAHREN

Gesellige Tierarten wie der Präriehund, ein nordamerikanisches Nagetier, sind durch das Leben in der Gruppe schneller in der Lage, drohende Gefahren wahrzunehmen.

denen sie vor jedem Hintergrund auffallen. Diese Tiere legen es geradezu darauf an, vom Jäger leicht erkannt zu werden. Sie sind giftig oder täuschen vor, giftig zu sein. Ein Tier, das einmal eine ungenießbare Beute zu sich nahm, wird diese unangenehme Erfahrung immer mit der besonderen Farbe des Tieres in Verbindung bringen. In Zukunft wird es Tiere meiden, die eine ähnliche Färbung aufweisen. Davon können natürlich die genießbaren Exemplare profitieren, wenn sie in ihrem Aussehen die giftigen nachahmen. Diese als Mimikry bezeichnete Taktik funktioniert jedoch nur, wenn die Zahl der Nachahmer geringer ist als die der tatsächlich giftigen Individuen, sonst wird der Räuber

Bei drohender Gefahr gibt der Wachtposten unterschiedliche Signal von sich, je nachdem, ob der Räuber vom Himmel kommt oder sich auf der Erde nähert. Alle Mitglieder der Gruppe können sich so rechtzeitig in Sicherheit bringen.

die Färbung zu selten mit einer unangenehmen Erfahrung in Verbindung bringen. Manche Tierarten wiederum greifen zu einer vollkommen anderen Strategie und vertrauen auf ihre Fähigkeit, dem Jäger zu entkommen, nachdem er sie entdeckt hat. Einige ergreifen die Flucht, bis sie einen für den Jäger unzugänglichen Ort erreicht haben, oder sind ohnehin schneller als ihr Verfolger. Andere Arten bleiben an Ort und Stelle und schützen sich mit einem Panzer oder Stacheln.

Einige Tierarten verfügen über körperliche Merkmale wie Hörner, scharfe Zähne, Krallen oder haben eine abschreckende Größe, die sie vor einem Angriff schützt. Bei Gattungen, die Brutpflege betreiben, sind die Eltern bei der Verteidigung der Jungen

Das Chamäleon
nähert sich dem Beutetier langsam, um es nicht zu erschrecken. Wenn es nahe genug herangekommen ist, schnappt es sich mit der blitzschnell vorschießenden, klebrigen Zunge seine Beute.

ganz besonders auf der Hut. Manchmal bringen sie sich dabei selbst in Gefahr, beispielsweise, um den lauernden Feind vom Nachwuchs abzulenken. Viele Tierarten haben spezielle Alarmsignale entwickelt, mit denen die Eltern ihre Kinder dazu bringen, sich in gefährlichen Situationen zu verstecken oder die Eltern um Hilfe zu rufen.

Die Vorteile des Gruppenlebens

Für Beutetiere kann es nützlich sein, in Gruppen zu leben. Während ein einzelnes Individuum, das auf einen Räuber stößt, einen Angriff kaum verhindern kann, ist dies in einer großen Gruppe weniger wahrscheinlich, denn hier ist die Zahl der Tiere für den Jäger zu unüberschaubar und die Auswahl verwirrend. In einer

Der Schlangenfisch
Dieser Fisch benützt einen Stachel seiner Rückenflosse als Köder, um Beute anzulocken. Wenn diese sich nähert, schnappt sie der Räuber mit einer raschen Bewegung seines Mauls.

WIE RÄUBER JAGEN
Die Räuber müssen ihre Beute nicht nur bei der Jagd verfolgen, sondern auch im Sinne der Evolution. Das heißt, sie müssen ihre Jagdtechniken und Körpermerkmale der Weiterentwicklung der Beutetiere immer wieder anpassen.

Der Gepard
ist ein äußerst schneller Jäger; auf kurzen Strecken kann er bis zu 100 Stundenkilometer erreichen. Er ist deshalb in der Lage, seine Lieblingsbeute zu fangen: die Gazellen. Diese sind zwar nicht so schnell wie der Gepard, verfügen jedoch über eine größere Ausdauer. Deshalb ist es immer wieder möglich, dass sie ihrem Verfolger entkommen, wenn er sie nicht schon auf den ersten Metern einholt.

wandernden Herde kann er kaum ein Tier vom anderen unterscheiden. Diese Technik machen sich zum Beispiel Vogel- oder Fischschwärme zunutze.
Bei in Rudeln lebenden Tieren kommt noch ein weiterer Aspekt hinzu: die Zusammenarbeit. Es hält immer ein Tier Wache, so dass ein Überraschungsangriff kaum möglich ist. Sollte dennoch ein Tier attackiert werden, werden es die übrigen gemeinsam verteidigen.

Die Waffen der Jäger

Um zu verhindern, dass sich die Beute dem Angriff des Verfolgers jedesmal entziehen kann, müssen die Jäger ihre Jagdtechnik der Verteidigungsstrategie der Beute anpassen, sonst könnten sie sich auf Dauer

nicht mehr ausreichend ernähren. Jäger und Gejagte nützen die gleichen Sinnesorgane, um sich gegenseitig zu wittern und beim Überfall und dessen Abwehr werden die gleichen Körperteile aktiviert. Lautlos verharren sowohl Räuber als auch Beute und beide rennen los, sobald sie die Verfolgung aufnehmen oder flüchten. Das ist nicht verwunderlich, wenn man bedenkt, dass viele Tierarten je nach Umständen sowohl Jäger als auch Gejagte sind. Außerdem kommt es vor, dass die Nachkommen einer Gras fressenden Spezies im Laufe der Zeit zu Fleischfressern werden und umgekehrt. In diesem Fall passen die Nachkommen ihre Körperstruktur und das Verhalten allmählich den neuen Bedürfnissen an.

Die Jagd in der Gruppe

Im Allgemeinen sind bei den großen, Fleisch fressenden Tierarten soziale Verhaltensweisen und Lernfähigkeit hoch entwickelt. Der Zusammenhalt ermöglicht es

RÄUBERISCHES RUDEL

Die Fähigkeit, Jagderfolge in der Gruppe zu erzielen, hat beim afrikanischen Wildhund höchstes Niveau erreicht. Diese Art war einst weit verbreitet, ist jedoch heute vom Aussterben bedroht.

Das Leben im Rudel

Die Beutetiere afrikanischer Wildhunde wiegen durchschnittlich 50 Kilogramm. Davon ernährt sich ein bis zu zwölf Tiere umfassendes Rudel. Gemeinsam lässt sich die Mahlzeit besser gegen andere Räuber verteidigen und auch besonders große Beutetiere wie Gnus können überwältigt werden.

sowohl dem Gejagten, dem Räuber entgegenzutreten, als auch dem Jäger, größere Beutetiere anzugreifen, die er allein nicht zu überwältigen vermag. Einigen Tierarten mit ausgeprägtem Verstand ist es gelungen, Körper- und Verhaltensmerkmale je nach Aufgabe zu differenzieren. Mitglieder eines Rudels nehmen bei einem Jagdstreifzug verschiedene Rollen ein. Einige schrecken die Beutetiere auf und treiben sie in die Richtung, wo der Rest des Rudels im Hinterhalt liegt. Ein Individuum unter den Beutetieren wird ausgesucht, umringt und erlegt. Damit das Unternehmen gelingt, muss jedes Mitglied der Gruppe seine Aufgabe erfüllen, was jedoch nicht bedeutet, dass alle die Beute gleichzeitig angreifen. Dafür sind nur einige wenige verantwortlich, die später alle Mitglieder des Rudels an der Mahlzeit teilhaben lassen.

Die Entwicklung von Strategien

Die Entwicklungsgeschichte im Tierreich lässt sich mit dem Wettrüsten zwischen

Afrikanische Wildhunde auf der Jagd
Ab einem Alter von vier Monaten beteiligen sich afrikanische Wildhunde an der Jagd. Manchmal ermüden die Jungtiere jedoch. Dann verstecken die ausgewachsenen Tiere sie vor den Löwen im Gebüsch und holen sie nach der Jagd wieder ab.

Die Jüngsten
Während der Jagd bleiben die Jüngsten im Bau und werden von einem ausgewachsenen Tier beaufsichtigt. Die an der Jagd beteiligten Individuen fressen sich an Ort und Stelle satt und würgen später einen Teil der Nahrung für die Zurückgebliebenen aus.

zwei großen Mächten vergleichen. Jede Macht regt die andere zur Erfindung immer stärkerer Waffen und Strategien an. Doch das Verhältnis zwischen Räuber und Beute ist nicht immer so ausgeglichen, wie man es sich vorstellt.

Jedes Mal, wenn ein Räuber versucht, ein vor ihm flüchtendes Tier zu erbeuten, endet die Jagd mit einem Sieger und einem Besiegten. Was gewinnt dabei der Jäger, was der Gejagte? Ist der Preis den Einsatz wert? Für den Jäger geht es um eine Mahlzeit, während die Beute, wenn sie entkommt, ihr Leben gerettet hat. Das bedeutet mit anderen Worten: Das Risiko, das beide eingehen, ist sehr unterschiedlich. Man bedenke nur, dass Jäger im Laufe ihres Lebens viele Misserfolge einstecken müssen; oft stehen die Jagderfolge in keinem Verhältnis zu der Zahl vergeblicher Versuche. Und doch haben diese Individuen die Geschlechtsreife erreicht und können sich mit Erfolg fortpflanzen.

Denken wir nun an die Beute, die ebenfalls das für die Fortpflanzung nötige Alter erlangt und sich nie hat fangen lassen. Im Unterschied zum Jäger hat sie kein einziges Mal verloren. Daraus kann man folgern, dass mit jedem für den Jäger erfolgreichen Beutezug natürliche Auslese betrieben wird. Denn er sondert aus der Tierpopulation ein Individuum heraus, das nicht geschickt genug war, ihm zu entgehen.

Die Beutetiere der zukünftigen Generationen werden in der Folge ihre Technik verbessern und immer schwerer zu fangen sein. Und diejenigen Raubtiere, die sich darauf nicht einstellen, werden ebenfalls

VORTEIL FÜR BEUTETIERE

Auch wenn es nicht den Anschein hat, ist die Situation der Beutetiere im Verhältnis zu der der Jäger vorteilhafter.

Wer ist der Stärkste?

Beutetiere sind den Räubern nicht so hilflos ausgeliefert, wie man glauben möchte. Sehr oft gelingt es ihnen, sich erfolgreich zu wehren, auch wenn sie im Nachteil zu sein scheinen. Eine Gruppe Paviane ist durchaus in der Lage, einen großen Leoparden in die Flucht zu schlagen.

Der Wolf
muss sehr geschickt vorgehen, um sich an eine Gruppe von Moschusochsen anzuschleichen, die sich sofort in Verteidigungsstellung begeben. Es bedarf zahlreicher Versuche, bis ein Angriff gelingt.

DIE WAFFEN DES MENSCHEN

Durch die Entwicklung von Waffen kann es der Mensch mittlerweile mit jeder anderen Spezies aufnehmen. Dem angeborenen Jagdtrieb wird heute in vielen Kulturen nicht mehr aus Notwendigkeit, sondern aus reinem Vergnügen nachgegeben.

OHNE NATÜRLICHE FEINDE

Heute jagt der Mensch wahllos alle Tiere in seinem Lebensraum. In der Frühgeschichte des Menschen war das noch nicht der Fall. Andere Lebenwesen sind im Allgemeinen auf die Jagd ganz bestimmter Beutetiere spezialisiert.

Treibjagd
Die menschliche Fähigkeit zur Zusammenarbeit macht die ausgefeiltesten Jagdmethoden möglich, mit Gruppen von Menschen, die unterschiedliche Rollen annehmen und verschiedene Werkzeuge benützen.

HAUSTIERE

Der Mensch domestiziert Tiere, um sein Defizit an körperlichen Leistungen auszugleichen. So ist das Pferd wegen seiner Schnelligkeit nützlich, der Hund kann durch seinen besonderen Spürsinn Beute wittern oder Gefahren frühzeitig erkennen.

Opfer der natürlichen Auslese im immer währenden Prozess der Evolution.

Das Jagdhorn dient der Kommunikation zwischen den Jägern. So werden die Aktionen der Jagdbeteiligten aufeinander abgestimmt.

Ein Räuber besonderer Art

Eine Spezies hat es mit seiner Jagdtechnik weiter gebracht als viele Raubtiere. Wir sprechen vom Menschen. Ihm gelang es, den entwicklungsgeschichtlichen Wettlauf mit den Beutetieren für sich zu entscheiden. Sein Jagdtrieb ist so wirkungsvoll, dass er inzwischen für die Ausrottung einer Vielzahl von Tierarten verantwortlich ist. Wie ist das möglich? Gilt für ihn nicht ebenfalls das Räuber-Beute-Prinzip? Dazu muss man erklären, dass die menschliche Spezies nicht von einer Gruppe räuberischer Arten abstammt. Hohes Lernvermögen und eine ausgeprägte soziale Veranlagung wiesen bereits unsere Vorfahren, die Primaten, auf. Diese Eigenschaften haben in eine andere Richtung geführt, die kulturelle Entwicklung. Sie ermöglichte den Menschen, sich im Laufe von wenigen tausend Jahren Mittel anzueignen, die über natürliche Auslese nicht zu erreichen gewesen wären: echte Waffen wie Lanzen, Pfeile, Gewehre. Und keine Selektion führt dazu, dass ein Tier lernt, Gewehrkugeln auszuweichen.

Das Territorialverhalten

Die Merkmale einer Spezies sind an einen bestimmten Lebensraum angepasst. Darin gibt es festgelegte Bereiche, in denen die Tiere einen Aktionsraum für sich beanspruchen. Jedes Individuum ist bestrebt, sich ein geeignetes Territorium zu sichern, aber nicht allen gelingt dies.

In der langen Zeit, bis ein Tier fortpflanzungsreif wird, hat es zahlreiche Bedürfnisse. Dazu gehören günstige klimatische Faktoren wie Temperatur oder Feuchtigkeit ebenso wie ausreichend Nahrung, die Möglichkeit sich fortzupflanzen und, je nach Gattung, ein Ort, wo es seine Nachkommen aufziehen und vor Feinden schützen kann. Doch die Ressourcen eines Gebietes reichen manchmal nicht für alle Tiere, die geboren werden, aus, folglich entsteht eine starke Konkurrenz. Die Individuen, die sich eine vorteilhafte Position zur Deckung des Grundbedarfs an zum Beispiel Nahrung oder Schlafplätzen sichern konnten, müssen diese Position gegen alle verteidigen,

NAHRUNGSREVIERE
Der Rotfuchs ist sehr anpassungsfähig in Bezug auf neue Lebensräume und in der Lage, die unterschiedlichsten Nahrungsangebote seiner Umwelt zu nutzen. Die Nahrung muss jedoch gegen die Angriffe anderer Individuen verteidigt werden und wird deshalb in das vom Tier überwachte Revier mitgenommen.

Die Ausweitung des Reviers
Normalerweise variiert die Größe eines Rotfuchsreviers zwischen 30 und 150 Hektar. Sie hängt hauptsächlich vom Nahrungsangebot ab. Ist es knapp, kann der Fuchs nur in einem großflächigen Revier ausreichend Nahrung finden.

die sie ihnen streitig machen möchten. Der Lebensraum einer Art wird also in mehrere, aneinander grenzende Territorien aufgeteilt, das heißt in einzelne Reviere, die gegenüber den anderen Individuen verteidigt werden müssen.

Die Größe dieser Territorien variiert. Je mehr Bedürfnisse befriedigt werden müssen, umso weiträumiger muss das Gebiet sein, damit der Bedarf ausreichend gedeckt wird. Andererseits, je mehr Ressourcen vorhanden sind im Verhältnis zum Bedarf, umso kleiner können die Reviere sein, bis kein Territorium mehr nötig ist, zum Beispiel bei praktisch unbegrenzt vorhandenen Ressourcen wie der Atemluft.

Reviergröße
Die Abbildung zeigt die Verteilung der Füchse und die Reviergröße im Umkreis einer reichen Nahrungsquelle.

Kulturfolger
Der Fuchs lässt sich von der Anwesenheit des Menschen nicht stören. Er scheint sogar Vorteile daraus ziehen zu können. Die Abfälle in Siedlungsräumen bieten ihm neue Nahrungsquellen. Man hat beobachtet, dass die Reviere mit zunehmender Nähe zu Mülldeponien kleiner werden.

Wäre es nicht immer vorteilhafter, über ein möglichst weites Territorium und damit über größere Ressourcen verfügen zu können? Das Problem besteht darin, dass mit der Größe des Reviers auch die Grenzen zunehmen und mit ihnen der Aufwand, um diese zu verteidigen. Tiere sind immer bestrebt, jede unnütze Verschwendung von Energie zu vermeiden und ein optimales Kosten-Nutzen-Verhältnis zu schaffen. Deshalb suchen sie das richtige Verhältnis zwischen der Menge an nutzbaren Ressourcen und der erforderlichen Energie für die Verteidigung. Im Verhältnis zur Größe der Tiere sind die Territorien dann am kleinsten, wenn sie keine Nahrungsreviere sind, sondern ausschließlich der Fortpflanzung dienen. Das ist der Fall bei Tierarten, bei denen das Männchen sich nur den Besitz eines kleinen Gebiets sichert, in dem es sich fortpflanzen kann, sobald ein Weibchen sich dorthin verirrt.

Wie kann nun ein Revierbesitzer sein Gebiet vor Eindringlingen schützen? Bei kleinen Fortpflanzungsrevieren, die ständig durch kämpferische Auseinandersetzungen verteidigt werden, ist das ziemlich einfach, denn der Kampf der Tiere ist allein auf die Fortpflanzung gerichtet. Bei großen Nahrungs- und Fortpflanzungsrevieren können die Besitzer nicht ihre gesamte Zeit auf die aktive Verteidigung der Grenzen verwenden. Hier sind Warnsignale vorteilhafter, mit denen der Eindringling darauf hingewiesen wird, dass er fremdes Territorium betritt.

Dieses System ist gleichermaßen sinnvoll für denjenigen, der das Revier beansprucht, wie für denjenigen, der sich dem Revier

FORTPFLANZUNGSREVIERE

Einige Tierarten verteidigen ein Gebiet nicht als Nahrungsrevier, sondern weil es für die Fortpflanzung wichtig ist.

Möwen nisten in Kolonien und jedes Paar verteidigt nur einen kleinen Bereich, wo die Eier abgelegt und die Jungen aufgezogen werden.

Das Möwenmännchen verteidigt das Revier durch Schreie und eine bestimmte Körperhaltung.

Der Paradiesvogel
Die Männchen verteidigen ein Gebiet, das sie für ihren Hochzeitstanz auserkoren haben, um von den Weibchen gewählt zu werden.

Der Rivale
Dringt ein anderes Möwenmännchen in das Revier ein, kommt es zu heftigen körperlichen Auseinandersetzungen, die jedoch selten blutig enden.

DISTANZ HALTEN

Um anderen Individuen mitzuteilen, dass ein Territorium besetzt ist und Rivalen nicht willkommen sind, verfügen die Tiere über verschiedene Signale, je nachdem, was sie verteidigen und über welche Kommunikationsmittel sie verfügen.

Das Rotkehlchen setzt sich gut sichtbar in Positur und lässt einen kräftigen Warnruf hören.

Der Fuchs Wie viele Säugetiere kennzeichnet er die Grenzen seines Reviers mit Duftmarken.

nähert. Damit wird zum Beispiel verhindert, dass ein Tier unbeabsichtigt in das Territorium seines Nachbarn eindringt, was unweigerlich zu einem Kampf führen würde. Das gilt jedoch auch für einen Eindringling ohne eigenes Revier, zum Beispiel ein junges Männchen auf der Suche nach einem eigenen Territorium. Auch er muss wissen, dass das Gebiet bereits besetzt ist. Die Revierabgrenzung dient somit dazu, unnütze Auseinandersetzungen zu vermeiden, damit man sich auf die Eindringlinge konzentrieren kann, die einem tatsächlich das Revier streitig machen wollen.

Ein Territorium kann auf unterschiedliche Weisen markiert werden, je nach Tierart.

So kennzeichnen die Säugetiere, die mit einem guten Geruchssinn ausgestattet sind, ihr Territorium häufig mit Hilfe von Duftmarken, deren spezifische Zusammensetzung extra dafür in körpereigenen Drüsen erzeugt wird.

Die Bedeutung des Ortswechsels

Selten bleibt ein Tier sein ganzes Leben lang einem Ort treu. Meist wechselt es mindestens einmal seine Umgebung, und zwar aus verschiedenen Gründen. Die häufigste Art eines Ortswechsels ist die so

Der Hirsch röhrt und lässt Duftmarken auf Zweigen zurück.

Der Luchs kennzeichnet sein Revier mit sichtbaren Markierungen.

DIE ABWANDERUNG DER JUNGTIERE

Wie viele andere Tierarten auch, verlassen junge Biber ihren Geburtsort.

Dämme bieten Schutz

Biber leben in Feuchtgebieten und Gewässern, die vor Landraubtieren sicher sind. Oft legen die Tiere selbst künstliche Seen an, indem sie mit ihren robusten Schneidezähnen Holzstämme bearbeiten und damit Dämme bauen.

Auf der Suche nach einem neuen Zuhause

Die meisten Jungen verlassen das Territorium der Biberkolonie im Alter von knapp einem Jahr und suchen sich ein neues Revier. Die Jungtiere sind in dieser Zeit leichte Beute für Jäger und nur wenige erreichen tatsächlich das fortpflanzungsfähige Alter.

DIE BIBERKOLONIE

Biber leben in kleinen Kolonien, in denen sich nur ein Paar fortpflanzt. Das Revier wird gegen mögliche Eindringlinge mit bemerkenswerter Aggressivität verteidigt.

genannte Dispersion, die Abwanderung der Jungtiere auf der Suche nach einem eigenen Revier. Bei den Tierarten mit Jungenaufzucht werden die Jungtiere mit Gewalt aus dem Revier der Eltern oder der Herde vertrieben, das ja nicht genügend Ressourcen hat für alle von den Eltern während ihres Lebens gezeugten Nachkommen.

Die Dispersion der Jungtiere verfolgt noch einen zweiten wichtigen Zweck. Sie soll verhindern, dass sich zwei miteinander verwandte Individuen fortpflanzen. Aus der Paarung von Blutsverwandten kann eine Nachkommenschaft entstehen, die nicht vollständig gesund und deshalb nur begrenzt lebens- und fortpflanzungsfähig ist. Jedes Individuum hat zwei Exemplare der DNS, des Moleküls mit dem gesamten Erbgut und den Informationen zur Entwicklung von Körperformen und Verhalten. Eines der Exemplare stammt von der Mutter, das andere vom Vater. Liegt nur eine fehlerhafte DNS vor, besteht zu 50 Prozent die Chance, das sie nicht zum Tragen kommt und ein vollkommen gesundes Individuum entsteht. Sind die Eltern jedoch miteinander verwandt, ist es möglich, dass beide dieselbe fehlerhafte DNS aufweisen und diese mit relativ hoher Wahrscheinlichkeit an das Kind weitergeben. Die Folge davon sind Funktionsstörungen.

Deshalb ist die Trennung der Jungtiere von der Herde ein Vorteil für Eltern und Kinder, denn alle ziehen gemeinsam Nutzen aus einer gesunden Nachkommenschaft und einem ausreichenden Nahrungsangebot. Bei Herdentieren ohne festes Revier werden nur die Männchen fortgeschickt und die Weibchen bleiben bei der Herde. Bei diesen Tierarten leben die beiden

VORÜBERGEHENDE REVIERBINDUNG
Bei knappem oder zeitlich schwankendem Nahrungsangebot wird die Revierbindung teilweise oder ganz aufgehoben, zum Beispiel bei Gnus.

DER AKTIONSRAUM
Die Männchen verteidigen ein Territorium, das ihnen zur Balz dient. Wenn die Herde sich in einem günstigen Gebiet niederlässt, weisen die Aktionsräume einen Durchmesser von 100 bis 150 Metern auf.

AUF WANDERUNGEN
sind die Männchen gezwungen, immer wieder neue Territorien abzustecken. Diese werden immer kleiner und lösen sich ganz auf, wenn die Herde ständig in Bewegung ist.

Geschlechter gewöhnlich nicht zusammen, sondern treffen nur in der Fortpflanzungszeit aufeinander.

Viele Jungtiere sterben, bevor sie sich fortpflanzen können. Das begrenzte Nahrungsangebot eines Gebiets reicht nur für eine bestimmte Zahl von Individuen. Deshalb können die Jungtiere sich nur dann ein eigenes Revier erobern, wenn sie schwache oder alte Tiere aus ihrem angestammten Territorium verjagen. Dabei besteht immer die Gefahr, dass Jungtiere leichte Beute von Räubern werden, denn sie sind noch unerfahren und Verteidigungstechniken und Körperkraft sind noch nicht vollständig entwickelt.

Es gibt Beispiele dafür, wie massive Umweltveränderungen dazu beitragen, dass eine Tierherde ihr Revier verlagern oder vergrößern kann. Das geschieht zum Beispiel, wenn der Meeresspiegel steigt und sich zwei von einer Landzunge getrennte Meerbecken vereinen. Oder wenn im umgekehrten Fall der Meeresspiegel fällt und sich Landbrücken zwischen Kontinenten und Inseln oder anderen Kontinenten bilden. Dabei entstehen neue Wanderrouten und noch unbesetzte Reviere, die den Jungtieren fortan zur Verfügung stehen.

Das Gnu

Diese afrikanische Antilope bildet große Herden. Sie können sich ständig im selben Gebiet aufhalten oder lange, jahreszeitliche Wanderungen unternehmen, je nach den zur Verfügung stehenden Weideflächen.

Wanderungen

Zu einer anderen Art des Ortswechsels gehören die Wanderungen von Tieren. Im Unterschied zur Dispersion beteiligt sich an der von den Zoologen

als Migration bezeichneten Wanderung ein großer Teil der Individuen oder sogar eine gesamte Population. Außerdem haben Wanderungen immer ein präzises Ziel und es ist bei ihnen auch die Rückkehr zum Ausgangsort vorgesehen. Zum Beispiel kann eine Population ständig in einem Rundkurs wandern und dabei einer Nahrungsquelle folgen. Oder der Ortswechsel findet zwischen zwei oft weit voneinander entfernten Gebieten mit langen Aufenthalten an den jeweiligen Zielorten statt. Dies ist der Fall bei Tieren, die Winter und Sommer in unterschiedlichen Regionen verbringen, um jeweils die günstigeren klimatischen Bedingungen auszunützen. Andere Tierarten führen keine jahreszeitlichen Wanderungen durch, sondern kehren zur Fortpflanzung an ihrer Geburtsort zurück, nachdem sie in anderen Gebieten aufgewachsen sind.

Ein wichtiger Faktor, der die Migration beeinflusst, ist sicher die Fortpflanzung. Die Jungtiere haben oft besondere Bedürfnisse, die nur unter bestimmten Bedingungen erfüllt werden können. Und allein die Notwendigkeit, die Jungen zu füttern, veranlasst viele Tiereltern, sich zu einer bestimmten Jahreszeit und an einem speziellen Ort fortzupflanzen, wo Nahrung in ausreichender Menge zur Verfügung steht.

Wie aber finden die wandernden Tiere den richtigen Weg? Das ist gar nicht so einfach zu beantworten. Bei manchen Arten kehren die Individuen zur Fortpflanzung immer an denselben Ort zurück und bei anderen Arten vergehen oft Jahre, ehe sie nach Erreichen der Geschlechtsreife wieder genau ihren Geburtsort aufsuchen. Sie müssen dabei nicht nur eine bestimmte Richtung einhalten, sondern auch die eigene Position

DIE WANDERBEWEGUNGEN

Für Arten, die große Distanzen zurücklegen können, ist es vorteilhaft, das Habitat nach den jeweiligen Bedürfnissen zu wechseln.

Der Buckelwal
wird im Durchschnitt 13 Meter lang und bis zu 30 Tonnen schwer. Wie viele andere große Wale verbringt er den Winter in tropischen Gewässern, wie zum Beispiel an den Küsten Kolumbiens, wo die Weibchen ihre Jungen gebären und sich mit den Männchen paaren.

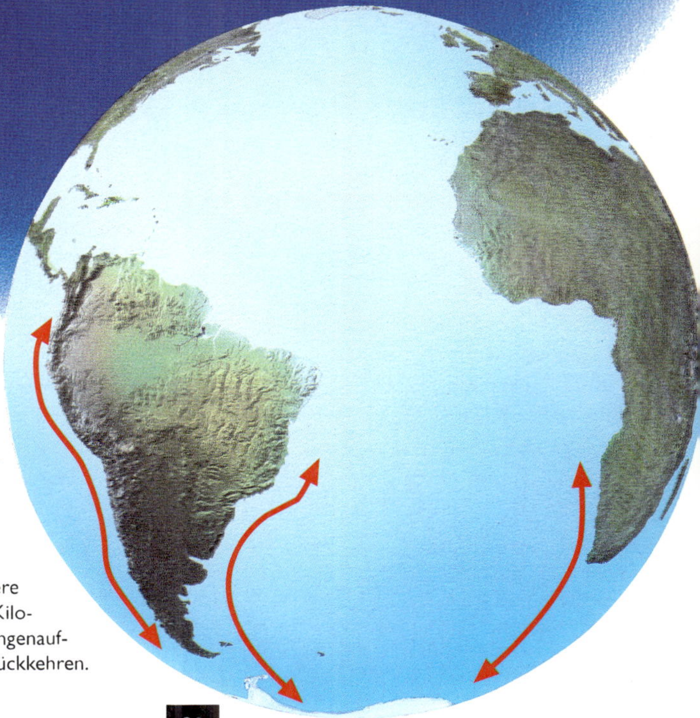

Polwärts

Im Frühling ziehen die Buckelwale von den Tropen in die fischreichen Gewässer der Antarktis, wo sie den Sommer verbringen. Mit der in dieser Zeit angelegten Fettschicht überbrücken sie den Herbst und Winter, wenn die Tiere über eine Entfernung von 8 000 Kilometern zur Fortpflanzung und Jungenaufzucht in tropische Gewässer zurückkehren.

bestimmen können. Stellen wir uns vor, wir würden uns in einer ausgedehnten Wüste befinden, auf der Suche nach der einzigen Oase. Wenn wir nur über einen Kompass verfügen, können wir zwar einer Richtung folgen und vermeiden, im Kreis zu gehen. Ohne Landkarte, mit der wir unsere und die Position unseres Ziels bestimmen können, werden wir die Oase aber nur mit sehr geringer Wahrscheinlichkeit finden.

Inzwischen ist nachgewiesen, dass einige Tierarten in der Lage sind, sich am Stand der Sonne, der Sterne und dem Magnetfeld der Erde zu orientieren. Aber es ist noch ungeklärt, wie sie es schaffen, eine solche virtuelle Landkarte im Kopf zu entwickeln.

Bildung von Volksstämmen

Wie viele Primaten ist auch der Mensch ein soziales Lebewesen. Ursprünglich war er in Stammesgruppen von nur einigen Dutzend

Brieftauben
Es scheint, dass Tauben eine Art »Geruchslandkarte« entwickeln und sich den charakteristischen Geruch in der Umgebung ihres Taubenschlages merken können. Sie orientieren sich also an dessen spezifischem Geruch. Außerdem sind sie in der Lage, sich nach dem Stand der Sonne und dem Magnetfeld der Erde zu richten.

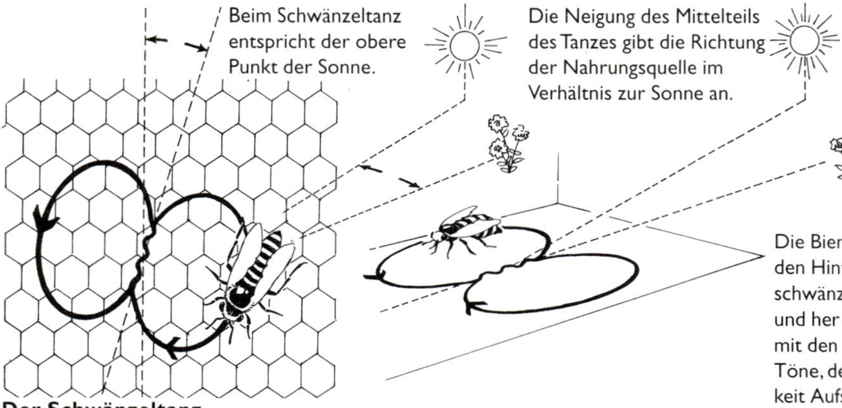

Der Schwänzeltanz
Nach Entdeckung einer Nahrungsquelle kehren die Arbeitsbienen zum Stock zurück, um diese Information den anderen weiterzugeben. Dazu vollführen sie an der senkrechten Wand der Waben den Schwänzeltanz in Form einer Acht.

Meeresschildkröten legen oft Tausende von Kilometern zurück, um an denselben Strand zurückzukehren, an dem sie viele Jahre zuvor geboren wurden. Es ist nachgewiesen, dass diese Tiere in der Lage sind, zwei unterschiedliche Punkte im Magnetfeld der Erde wahrzunehmen, die genauso wie Koordinaten zusammen ein Gebiet definieren. Es ist also möglich, dass Meeresschildkröten mit Hilfe des Magnetfeldes einschätzen können, wo sie sich befinden und wohin sie sich orientieren müssen.

DER ORIENTIERUNGSSINN

Tierarten, die weitläufige Ortswechsel vornehmen, orientieren sich auf verschiedene Weise, je nach Spezies und Bedürfnissen. Viele dieser Methoden sind bis heute unerforscht.

Der amerikanische Aal legt auf seinen Wanderungen Strecken bis zu 1 000 Kilometern zurück. An seinem Körper befinden sich Rezeptoren, die äußerst sensibel auf elektrische Felder reagieren. Sie dienen ihm vermutlich zur Orientierung und erzeugen im Wasser um ihn herum ein elektrisches Feld, das durch Induktion mit dem Magnetfeld der Erde in Verbindung steht.

Die Ursprünge des Menschen
Vor ungefähr 100 000 Jahren war ein Teil Afrikas von Menschenartigen (Hominiden) bevölkert, denen die heutige Spezies Mensch sehr ähnlich ist.

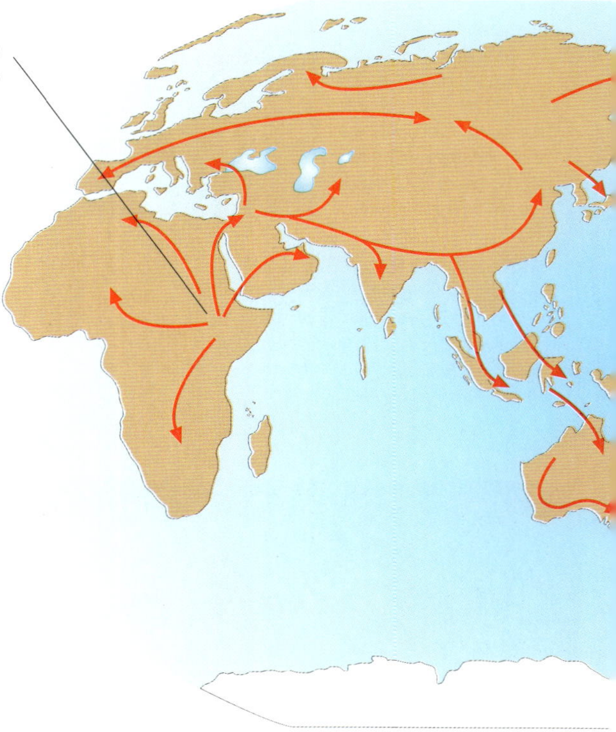

EUROPA, ASIEN UND OZEANIEN
Man geht davon aus, dass sich der Mensch im Lauf der folgenden 65 000 Jahre in Afrika, Europa, Asien und Ozeanien ausbreitete. Dies ist auch auf Fortschritte bei der Herstellung von Werkzeugen, Transportmöglichkeiten und Navigationshilfen sowie der Entwicklung von Sprachen zurückzuführen.

Mitgliedern organisiert, die, je nach vorhandenen Ressourcen, ein mehr oder weniger festes Territorium einnahmen und verteidigten. Die frühen Stammesgruppen lebten wie heutige Ureinwohner oft in ständiger Spannung mit den Nachbarstämmen, mit denen sie nur selten in Kontakt traten. Diese Situation änderte sich mit der Entwicklung der Landwirtschaft und der Erfindung immer wirksamerer Waffen. Die Volksstämme bildeten größere Reiche und knüpften Han-

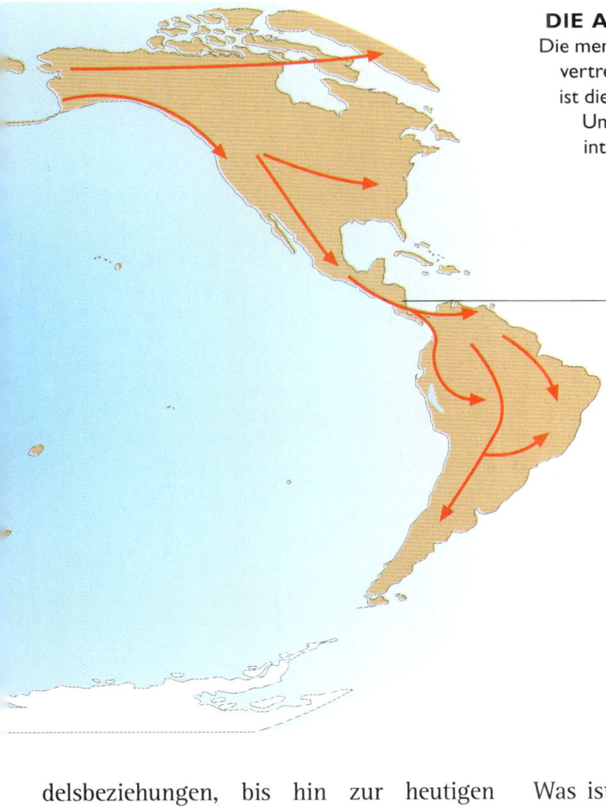

DIE AUSBREITUNG DES MENSCHEN

Die menschliche Spezies ist auf allen Kontinenten vertreten. Im Unterschied zu anderen Arten ist dies nicht nur eine Folge von veränderten Umweltbedingungen, sondern auch der intellektuellen Fähigkeit des Menschen, sich auf Probleme einzustellen und sie zu lösen.

Der amerikanische Doppelkontinent
Die Ausbreitung des Menschen über Nord- und Südamerika war nur dank seiner Fähigkeit möglich, lange Wege durch unwirtliche Gebiete zurückzulegen und sich vor der Kälte zu schützen. Voraussetzung dafür war die damals bestehende Landbrücke über die Beringsee, die Asien von Amerika trennt.

delsbeziehungen, bis hin zur heutigen Situation des Waren- und Personenverkehrs, in den Milliarden von Menschen eingebunden sind.

Ist es unter den gegebenen Bedingungen noch sinnvoll, von Revieren zu sprechen? Was ist vom alten Verteidigungsverhalten geblieben? Vielleicht mehr als wir glauben. Wir unterscheiden im Alltag sehr häufig zwischen »wir« und »sie« und schließen die Haustür hinter uns ab, um das, was uns gehört, zu schützen.

Soziales Verhalten

Tiere stehen in einem ständigem Konkurrenzkampf, besonders wenn sie zur selben Art gehören. Oftmals aber erweist sich der Zusammenhalt untereinander als vorteilhafter als das Einzelgängertum. Dazu haben die Tiere spezifische Verhaltensweisen entwickelt.

Die meisten Tiere halten nur wenig Kontakt zu Artgenossen. Wenn zwei Individuen einer Art aufeinander treffen, ignorieren sie sich in der Regel. Gehen sie aber eine Beziehung zueinander ein, sei es zur Paarung oder um miteinander um einen Sexualpartner oder den Besitz bestimmter Ressourcen zu kämpfen, ist diese oft wieder beendet, sobald sie ihren Zweck, zum Beispiel die erfolgreiche Aufzucht der Jungtiere, erfüllt hat. Bei den Gattungen mit Brutpflege besteht eine längere

Die Goldstriemen
leben in Schwärmen, deren Dichte und besondere Färbung Raubfische verwirren sollen. Somit bieten sie jedem Individuum größere Überlebenschancen.

DIE VORTEILE VON GEMEINSCHAFTEN

Bei vielen Gattungen leben die Individuen mit ihren Artgenossen oder mit Individuen anderer Arten auf unterschiedliche Weise zusammen.

Die Putzerfische
Einige Fischarten sind darauf spezialisiert, größere Fische von Parasiten zu befreien. Die großen Fische suchen zu diesem Zweck die Lebensräume der so genannten Putzerfische auf. Diesen dienen die Parasiten als Nahrungsquelle. So zieht jedes Mitglied unterschiedlichen Nutzen aus der Gemeinschaft. Dies ist eine spezielle Art der Symbiose, die man als Mutualismus bezeichnet.

Beziehung zu den Nachkommen und eventuell auch zum Partner, der sich an der Aufzucht der Jungen beteiligt.

Eine dauerhafte Gemeinschaft bildet sich nur wenn es darum geht, das Überleben langfristig zu sichern. Wie bereits erwähnt, leben einige Tiere in Gemeinschaften, um vor Angriffen von Raubtieren besser geschützt zu sein. Dabei entwickelt sich jedoch keinerlei Beziehung zwischen den einzelnen Mitgliedern der Gemeinschaft.

Größeren Nutzen bieten nur Gesellschaftsformen, in der jedes einzelne Mitglied auf seine Weise nützlich ist. Das heißt, die Gesamtheit der für sich allein nicht ausreichenden Aktionen der einzelnen Individuen

Korallen
Diese Korallenkolonie besteht aus zahlreichen Polypen. Alle Individuen stammen von einem einzigen Exemplar ab, das sich ungeschlechtlich vermehrt hat. Die Elemente einer Kolonie sind nie völlig voneinander getrennt.

Korallenfische
suchen Schutz zwischen den nesselartigen Fangarmen der Seeanemone, die sich an die Anwesenheit der kleinen Fische gewöhnt hat und ihnen keinerlei Schaden zufügt. Für die Seeanemone hat diese Lebensgemeinschaft keine Bedeutung, für den Fisch ist sie aber von großem Nutzen (Kommensalismus).

dient dazu, ein gemeinsames Problem zu lösen. Jedes Mitglied der Gemeinschaft stellt dabei seinen eigenen Vorteil zunächst in den Hintergrund, um ein langfristig befriedigendes Ergebnis für alle zu erzielen.
Ein Beispiel dafür sind die großen Raubtiere, die während ihrer Jagdzüge unterschiedliche Rollen übernehmen. Der Schlüssel für eine erfolgreiche Zusammenarbeit zwischen den Mitgliedern einer Gruppe liegt darin, dass jedes einzelne Individuum weiß, was die anderen tun und worin seine eigene Aufgabe besteht. Zu diesem Zweck müssen sich die Mitglieder der Gruppe sehr genau kennen, um sie von fremden Artgenossen unterscheiden zu können. Der Zusammenhalt innerhalb der Gruppe ist entscheidend für den Erfolg des jeweiligen Unternehmens. Dazu gehört neben der Nahrungsbeschaffung auch die Verteidigung der Ressourcen gegenüber anderen Gruppen.

STAATEN BILDENDE INSEKTEN

Zu den sozialen Insekten gehören die Termiten (siehe Abbildungen), die Ameisen und einige Bienen und Wespen. Diese Gattungen bilden Gemeinschaften, in denen die Fortpflanzung nur wenigen Individuen vorbehalten ist, während die anderen unfruchtbar und in verschiedene Kategorien, die man Kasten nennt, eingeteilt sind.

Die Soldaten
Sie sind auf Grund ihres Körperbaus und Verhaltens zur Verteidigung der Kolonie bestimmt.

Die Arbeiterinnen
Die umfangreichste Kaste ist die der Arbeiter oder Arbeiterinnen. Sie kümmern sich um die Bedürfnisse der Kolonie, von der Nahrungsbeschaffung bis zur Fütterung der eben geschlüpften Jungtiere, die noch nicht arbeiten können.

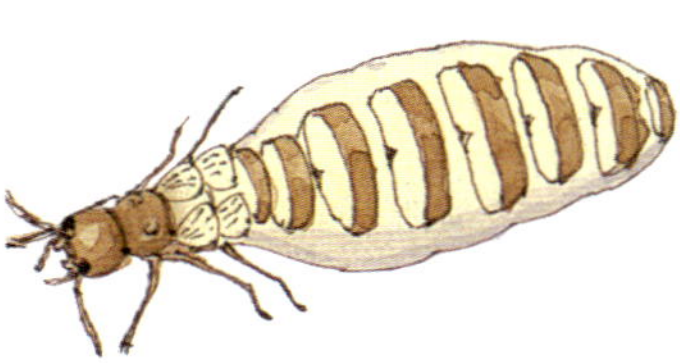

Die Fortpflanzung
ist in der Regel einer Königin und einem König vorbehalten. Doch es kann auch Erzeuger zweiten Ranges geben.

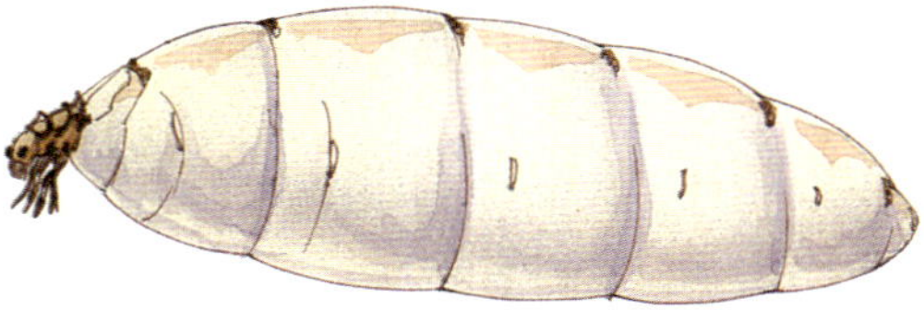

Der Termitenhügel ist der Sitz der Termitenkolonie, sein Bau ist aus dem Material der Umgebung errichtet und den jeweiligen Verhältnissen angepasst.

NEUE KOLONIEN werden von fortpflanzungsfähigen Individuen gegründet, die als geflügelte Geschlechtstiere ihren angestammten Bau zum Hochzeitsflug verlassen.

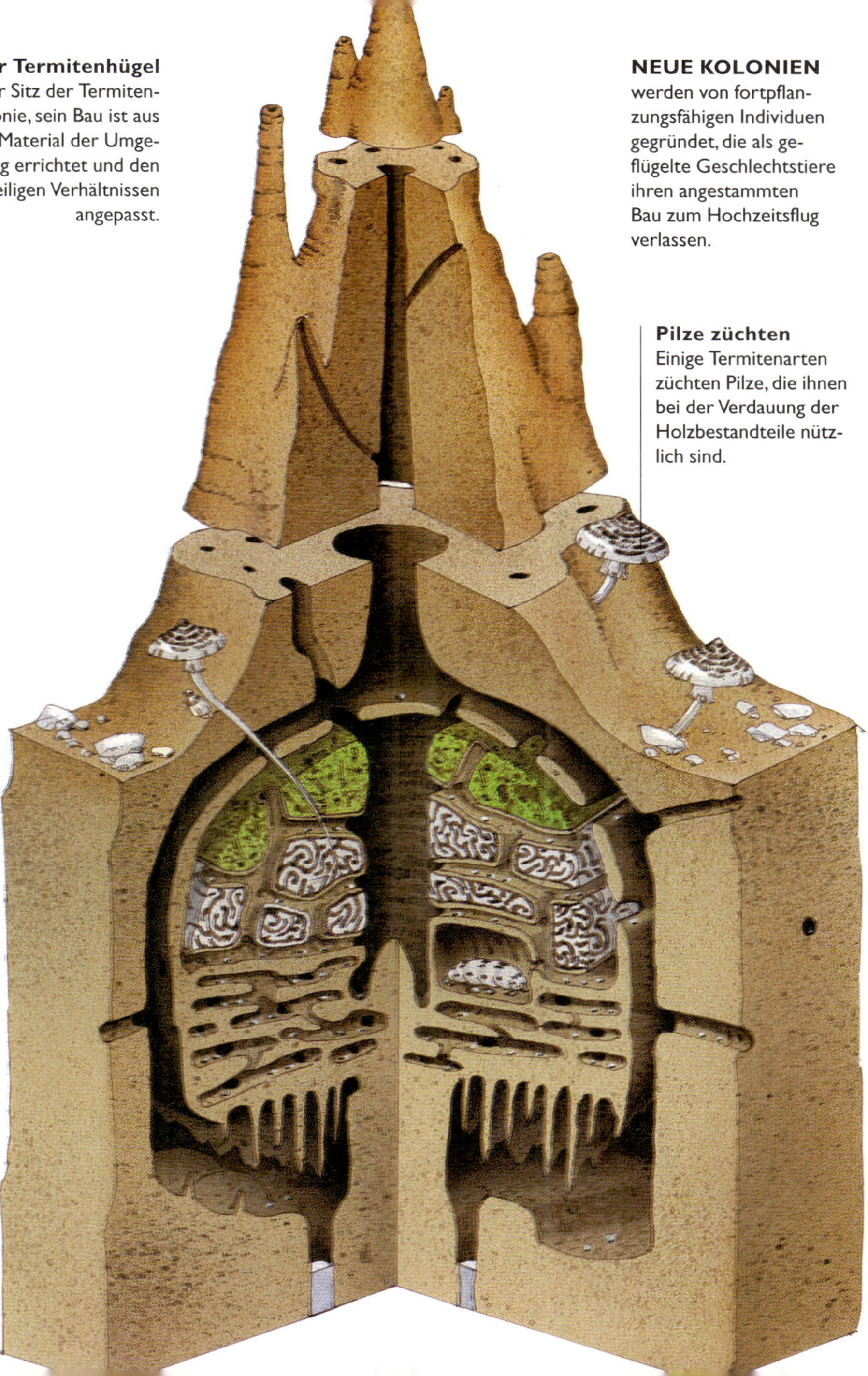

Pilze züchten
Einige Termitenarten züchten Pilze, die ihnen bei der Verdauung der Holzbestandteile nützlich sind.

Hierarchische Ordnung

Auch innerhalb einer Gesellschaft kommt es zum Konkurrenzverhalten. Jedes Individuum hat zwar den Vorteil der Gruppe im Auge, aber nur, weil es ebenfalls davon profitiert. Wenn möglich, versucht dennoch jedes einzelne Tier, sich so viel Ressourcen wie nur möglich anzueignen, zum Nachteil der anderen. Doch ganz offensichtlich ist diese Art der Konkurrenz begrenzt, denn sobald der Gruppe notwendige Ressourcen völlig entzogen würden, hätte dies ihre Auflösung zur Folge. Damit aber wären auch die durch die Gemeinschaft gesicherten Grundbedürfnisse, wie zum Beispiel ausreichende Nahrung und Schutz vor dem Angriff von Raubtieren, nicht mehr gegeben.

DIE VORTEILE DES GRUPPENLEBENS

Im Gegensatz zu ihren wild lebenden Artgenossen haben streunende Katzen in der Stadt ein großes Nahrungsangebot zur Verfügung, meistens am selben Ort. Diese Katzen organisieren sich in Territorialgruppen und weisen ein ausgeprägtes Sozialverhalten auf.

Die Katzenweibchen

gehen meist sehr freundschaftlich miteinander um. Einige Tage nach der Geburt versammeln die Mütter ihre Jungen an einem gemeinsamen Ort, weit weg von den Grenzen des Reviers, wo ausreichend Nahrung und Schutz geboten sind. Hier helfen die Weibchen einander und übernehmen abwechselnd die Pflege der Jungen, ohne dabei zwischen ihren eigenen und denen der Geschlechtsgenossinnen zu unterscheiden.

Wildkatzen
Wilde oder wild lebende Katzen müssen sich für ihre Ernährung auf ihre Jagderfolge verlassen. Da diese meist nur für ein Tier ausreichen, führen sie ein Einzelgängerdasein.

DIE KATER

Das Verhalten der Kater ist untereinander grundsätzlich von Rivalität geprägt, im Unterschied zu den Beziehungen der Katzenweibchen untereinander oder der beiden Geschlechter miteinander. Doch sie tolerieren sich gegenseitig, die Kämpfe sind Rituale und beruhen auf bestimmten Gesten, Mimik und Lautäußerungen. Echte körperliche Auseinandersetzungen sind dagegen selten.

Individuen in einer Gemeinschaft können ihr Fortpflanzungsverhalten eine Zeit lang zurückstellen, wenn sie dafür andere Vorteile aus dem Gruppenleben ziehen. Anlass für Streitigkeiten innerhalb der Gruppe ist meist der Rivalenkampf um einen Sexualpartner, mit dem Ergebnis, dass einige Tiere zumindest für einen bestimmten Zeitraum darauf verzichten müssen.

Oft ist die Paarung nur dem Anführer oder wenigen Individuen meist männlichen Geschlechts vorbehalten. Bei gleichberechtigten Geschlechtern pflanzen sich nur ein Männchen und ein Weibchen innerhalb der Herde fort. Tierarten, bei denen die Weibchen mit ihren Jungen getrennt von den Männchen leben, haben nur in der Fortpflanzungszeit Kontakt zum anderen Geschlecht. Dabei kann es vorkommen, dass das aus allen Zweikämpfen siegreich hervorgegangene Männchen während der gesamten Fortpflanzungszeit alle Weibchen kontrolliert, also einen Harem hat.

Die Hierarchie ist dabei sehr einfach: Wer in den Zweikämpfen siegt, der darf sich fortpflanzen, alle anderen nicht. Doch innerhalb einer Herde ist es auch nötig, dass jedes Mitglied weiß, wem zum Beispiel Vortritt an der Futterstelle oder der Tränke gebührt und wem der beste Schlafplatz. Deshalb bildet sich eine Rangordnung für alle Individuen. Jungtiere lernen schon sehr früh im Spiel, später in mehr oder weniger heftigen Auseinandersetzungen, wo ihr Platz innerhalb der Gemeinschaft ist, das heißt, wer über ihnen und wer unter ihnen steht.

In der hierarchischen Ordnung ist es wichtig, dass sich die Männchen einer Herde erinnern, mit wem sie bereits gekämpft haben und mit welchem Ergebnis, um die sinnlose

DIE HIERARCHIE INNERHALB EINER HORDE

Der Mantelpavian ist eine afrikanische Affenart, die am Boden lebt. Wie bei anderen sozialen Arten hat jedes Individuum eine bestimmte Stellung in der Rangordnung der Gruppe.

Die Helfermännchen

In einigen Fällen wird ein junges Männchen vom dominierenden Männchen als Helfer akzeptiert und darf sich fortpflanzen. Während das junge Männchen reifer und älter wird, beginnt es, sich junge Weibchen auszusuchen, die später seinen Harem bilden werden.

Die Weibchen
sind dem dominanten Männchen völlig ergeben und werden sogar von ihm bestraft, wenn sie sich zu weit entfernen.

Die Männchen der Mantelpaviane
kontrollieren einen Harem. Eine Gruppe besteht aus mehreren Männchen mit ihren Weibchen. Alle Mitglieder beteiligen sich an der Nahrungsbeschaffung. Die Gruppen vereinen sich manchmal zu Horden, von denen jede einen eigenen Schlafplatz beansprucht.

Verschwendung von Zeit und Energie bei wiederholten Kämpfen zu vermeiden.

Die Rangordnung ist nicht für alle Zeiten festgelegt. Durch Tod, Geburt oder ehrgeizige Individuen, die aufsteigen wollen, wird sie immer wieder umgeworfen. Müssten dabei jedesmal ernsthafte körperliche Auseinandersetzungen zwischen allen Gruppenmitgliedern geführt werden, wäre die Gruppe innerhalb kurzer Zeit geschwächt und würde sich vielleicht sogar auflösen. In Tiergemeinschaften werden dafür Rituale mit

Die Wölfe
Ein untergeordneter Wolf nimmt eine geduckte Körperhaltung ein, mit angelegten Ohren und hängender Rute, und leckt die Schnauze des überlegenen Artgenossen. Dieses Verhalten ist typisch für Welpen, die auf diese Weise um Futter betteln. Bei ausgewachsenen Tieren drückt es die Demutshaltung aus.

Die Schimpansen
Durch gegenseitiges Lausen befreien sich Schimpansen auch an schwer erreichbaren Körperstellen von Parasiten, die ein ernstes gesundheitliches Problem darstellen.

Gegenseitige Körperpflege
Die Reinigungsprozedur fördert den sozialen Zusammenhang in der Horde und gilt als Ausdruck der Freundschaft. Mit speziellen Lautäußerungen, die das Angebot zur Körperpflege ausdrücken, lassen sich Aggressionen mindern.

RITUALE
Viele soziale Tierarten haben eigene Rituale, mit denen die Mitglieder einer Herde untereinander kommunizieren.

Der Unterlegene
Kommt es zu einer körperlichen Auseinandersetzung, kann der unterlegene Wolf dem sicheren Tod entgehen, indem er eine Position einnimmt, in der er höchst verletzbar ist. Auf diese Weise wird die gegenerische Aggressivität gestoppt.

weniger heftigen Auseinandersetzungen eingeführt, manchmal genügen schon visuelle oder akustische Signale. Das funktioniert aber nur, wenn die tatsächlichen Fähigkeiten der Individuen dabei deutlich werden. So können zwei Gegner an nur wenigen Blicken und Bewegungen erkennen, wer der Stärkere ist, ohne dass es zu einer körperlichen Auseinandersetzung kommen muss. Denselben Zweck haben Drohgebärden, mit denen ein Individuum einem anderen mitteilt, dass es einen Angriff zu erwarten hat, wenn es nicht sofort das unerwünschte Verhalten einstellt. Kommt es dennoch zu einem Kampf, kann der Unterlegene mit der für seine Spezies charakteristischen Demutshaltung dem anderen signalisieren, dass er sich geschlagen gibt und den ihm zustehenden Platz in der Hierarchie wieder einnimmt. Tödliche Auseinandersetzungen innerhalb einer Gemeinschaft sind selten.

Die Ausdrucksmöglichkeiten
Bei den Primaten (die Abbildungen zeigen einen Orang-Utan) ist die Mimik ein wichtiges Ausdrucksmittel im Umgang miteinander. Sie ist individuell und ermöglicht zahlreiche visuelle Signale.

DIE KOMMUNIKATION IN DER GESELLSCHAFT

Soziale Tiere verfügen über eine Vielzahl von Kommunikationsmitteln. Die jeweilige »Sprache« basiert auf Signalen verschiedener Art, die von Duftstoffen bis zu Lautäußerungen reichen können.

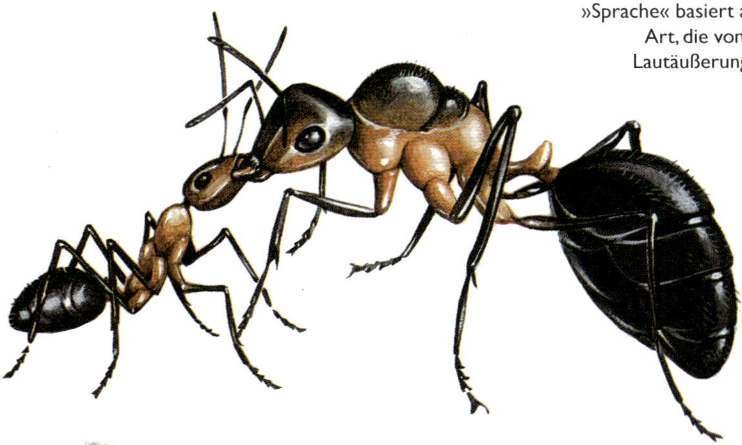

Ameisen
Geruch und Bewegung der Antennenfühler dienen den Mitgliedern dazu, sich gegenseitig zu erkennen. Außerdem tauschen die Individuen ständig hervorgewürgte Speisen aus, damit die darin enthaltenen Duftsignale sich auf die anderen Mitglieder des Haufens verteilen.

Sollte aber ein gruppenfremdes Männchen den Anführer der Gruppe besiegen und seinen Platz einnehmen, wird es anschließend alle Jungtiere töten, weil dem Männchen erst nach dem Tod der Jungen die Weibchen zur Paarung zur Verfügung stehen. Die eigenen Nachkommen werden damit gefördert, zum Nachteil derjenigen seines Vorgängers.

Voraussetzung für das Funktionieren der hierarchischen Ordnung ist, dass sich jedes einzelne Mitglied der Gesellschaft streng an die Regeln hält, denn alle Verhaltensweisen im Gemeinschaftsleben sind genauestens aufeinander abgestimmt. Um den Umgang mit anderen zu pflegen und im Gedächtnis zu behalten, bedarf es darüber hinaus eines großen Lernvermögens.

Delfine kommunizieren wie alle Wale untereinander vor allem durch akustische Signale.

Die Kasten

Bei sozialen Insektenstaaten sind die Mitglieder in so genannte Kasten eingeteilt, das heißt in Kategorien mit unterschiedlichen Körpermerkmalen und abweichendem Verhalten. Diese Gesellschaftsform folgt starren Regeln und gestattet nur einem oder wenigen Tieren die Fortpflanzung. Der größte Teil der Individuen verzichtet auf Nachkommen und spezialisiert sich auf andere Aufgaben. Tiere, die in Kasten leben, benötigen in der Regel kein großes Lernvermögen, denn die einzelnen Individuen können ihre Rolle nicht durch besondere Stärke oder spezielle Übung erreichen. Sie wird ihnen vielmehr von Geburt an durch genau festgelegte genetische oder physiologische Merkmale zugeteilt.

DIE FAMILIE

bildet die soziale Grundeinheit. Kernfamilien pflegen unterschiedlich intensive Kontakte miteinander, was weniger an der zur Verfügung stehenden Zeit als von der Anzahl der Familienmitglieder abhängt.

MENSCHLICHE GESELLSCHAFT

Menschliche Umgangsformen unterscheiden sich nicht wesentlich von denen anderer in Gemeinschaft lebender Arten.

Der soziale Zusammenhalt wird durch ständige Freundschaftsgesten gefestigt, wie Lächeln und vor allem Körperkontakt.

Die Kommunikation
ist ein wesentliches Element sozialer Interaktion. Die gesprochene Sprache ist ein vielschichtiges, aber äußerst wichtiges Kommunikationsmittel. Sie wird unterstützt durch Gesten und Mimik.

Die Rangordnung
ist dort ausgeprägt, wo es eine Rollenverteilung gibt. In der Industriegesellschaft sind die Rollen sehr unterschiedlich. Der jeweilige Status der einzelnen Individuen drückt sich oft bereits in ihrem ganzen Verhalten, speziell aber durch ihre Körperhaltung und die Art zu sprechen aus.

Die menschliche Gesellschaft

Aufgrund seiner ausgeprägten Fähigkeit, lernen und mit anderen kommunizieren zu können, sowie durch kulturelle Überlieferung ist der Mensch in der Lage, die Aufgaben, die das Leben in der Gemeinschaft erfordert, auf verschiedene Bereiche zu verteilen, vergleichbar mit der Spezialisierung in den Kasten der Staaten bildenden Insekten. Anders jedoch als bei vielen sozialen Tierarten ist die Rolle der einzelnen Mitglieder in der menschlichen Gesellschaft weniger starr festgelegt. Die Zusammensetzung kann sich sehr schnell ändern, wie die zahlreichen verschiedenen gesellschaftlichen Strukturen in Gegenwart und Vergangenheit beweisen.

Trotz der großen Unterschiede weist die menschliche Gesellschaft ein gemeinsames Merkmal auf: Die Grundeinheit der Gruppe ist die Familie, die in der Regel aus zwei Elternteilen und den Nachkommen besteht. Eine Ausnahme bilden Gemeinschaften, in denen Polygamie herrscht. Man nimmt an, dass sich diese Kernfamilien ursprünglich zu Stammesgruppen von 80 bis 120 Mitgliedern vereinten. Jedes Mitglied hatte persönlichen Kontakt zu allen andern.

Heutzutage sind die Rahmenbedingungen ganz anders. Der technologische Fortschritt hat zur Bildung von Gesellschaften geführt, die Millionen von Menschen in einem Staat umfassen. Die Fähigkeit zur sozialen Interaktion, also dem Umgang mit anderen, leidet zwangsläufig unter dieser Entwicklung. In der Regel pflegt jeder Mensch nur mit einer begrenzten Zahl von Personen enge Kontakte, etwa vergleichbar der Zahl eines Stammes, und betrachtet alle anderen Personen als Fremde.

Altruismus

Wodurch wird uneigennütziges Verhalten, so genannter Altruismus, hervorgerufen? Wenn das oberste Ziel eines jeden Individuums die Fortpflanzung ist, warum verzichten dann Mitglieder einiger Tierarten auf eigene Nachkommen zu Gunsten anderer?

Die Individuen gesellschaftlich organisierter Arten sind durch das Leben in der Gruppe, die daraus resultierende Arbeitsteilung und bei der Sicherung von Nachkommen im Vorteil. Bei Letzterem erwartet man eigentlich einen Rollentausch, damit jedes Mitglied die Möglichkeit zur Fortpflanzung bekommt. Im Tierreich ist es unter sozialen Arten aber gar nicht üblich, dass sich alle Individuen fortpflanzen oder, falls doch, nur unter großen Schwierigkeiten. Bei den Staaten bildenden Insekten zum Beispiel besteht der größte Teil der Gemeinschaft aus so genannten unfruchtbaren Arbeiterinnen, die mit ihrer Arbeit das Funktionieren der Gesellschaft sichern, einschließlich der Fortpflanzung durch die Königin und die Drohnen. Auch bei einigen Tierarten mit Brutpfle-

GESCHLECHTSBESTIMMUNG BEI BIENEN

Wie einige andere Insekten haben die Bienen eine besondere Art der Geschlechtsbestimmung. Ein Ei, das die Königin vor der Ablage mit den Spermien befruchtet, die das Männchen bei der letzten Paarung zurückgelassen hat, entwickelt sich zu einem Weibchen mit doppeltem Chromosomensatz. Wird das Ei dagegen nicht befruchtet, entsteht daraus ein Männchen, das somit nur einen einfachen Chromosomensatz mit dem Erbgut aufweist.

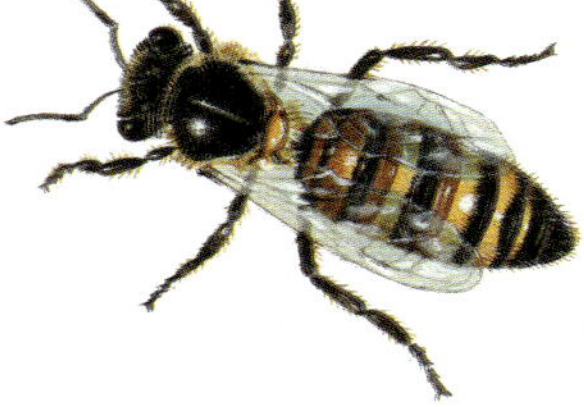

Kinder oder Schwestern?

Die Weibchen weisen einen doppelten Chromosomensatz auf, einer stammt vom Vater und einer von der Mutter. Den vom Vater stammenden, einfachen Chromosomensatz weisen alle Töchter auf. Der doppelte Chromosomensatz der Mutter wird jeweils nur zur Hälfte auf die Tochter übertragen. Während bei Schwestern das Erbgut zu 75 Prozent übereinstimmt, ist dies zwischen Müttern und Töchtern nur zu 50 Prozent der Fall. Wahrscheinlich verzichten Arbeitsbienen deshalb auf die Fortpflanzung, um der Mutter bei der Erzeugung weiterer Schwestern, einschließlich neuer Königinnen, zu helfen.

ge setzt sich die Gemeinschaft aus einem fortpflanzungsfähigen Kern zusammen, das heißt aus einem oder beiden Elternteilen sowie den Nachkommen, und aus anderen Individuen, deren einzige Funktion darin besteht, den Eltern bei der Aufzucht der Jungen zu helfen.

Dieses uneigennützige Verhalten scheint den Helfern nur Nachteile zu bringen, da es ihnen keine Möglichkeit bietet, für eigene Nachkommen zu sorgen. Die Entwicklung dieser Verhaltensweisen scheint auf den ersten Blick paradox. Ein solches Verhalten wird weitervererbt und die natürliche

Die Königin
ist das einzige Weibchen, das sich fortpflanzt. Sie gründet einen neuen Bienenstock, wenn sie den alten verlässt und sich mit den Drohnen gepaart hat.

Die Arbeiterinnen
sind unfruchtbare Weibchen und verrichten die gesamte für das Leben im Bienenstock nötige Arbeit. Das reicht von der Nahrungsbeschaffung bis zum Bau der Waben. Die Arbeiterinnen verzichten auf ihre Fortpflanzung zu Gunsten der Königin.

Die Drohnen
sind die männlichen Bienen. Ihre einzige Aufgabe besteht darin, sich mit einem Weibchen zu paaren, nachdem beide den Stock verlassen haben, in dem sie geboren wurden.

Auslese hat demnach ein genetisch bedingtes Verhaltensmuster gefördert, das die Fortpflanzung seines Trägers verhindert.

Vorteilhafter Altruismus

Selbst Kinder zu zeugen, ist nicht die einzige Möglichkeit, das Erbgut einer Familie an zukünftige Generationen weiterzugeben. Dominante Merkmale weisen auch verwandte Individuen, wie Eltern und Geschwister, auf. Diese bei der Fortpflanzung zu unterstützen, bedeutet also, das Erbgut durch sie an die Nachkommen weiterzugeben. Aus diesem Grund findet sich der Altruismus häufig bei eng miteinander verwandten Tieren. Bei einigen Tierarten ist die Mühe der Jungenaufzucht so groß,

Die Königin
In einer Kolonie von Nacktmullen, die ungefähr 70 Individuen umfassen kann, pflanzt sich nur ein Weibchen fort, die Königin. Sie ist das größte Individuum und ihre Aufgabe besteht darin, Kinder zu gebären und die Jungen der Kolonie aufzuziehen.

Der König
Nur wenige Männchen können sich mit der Königin paaren. Dieses Verhältnis kann über Jahre hinweg stabil bleiben.

UNTERSTÜTZUNG DER VERWANDTSCHAFT
Als einziges Säugetier hat der Nacktmull, ein afrikanisches Nagetier, ein soziales System aufgebaut, das dem der Insekten sehr ähnlich ist. Das ist möglich durch die enge Verwandtschaft innerhalb der Gruppe.

dass sie für ein Elternpaar allein kaum zu befriedigenden Ergebnissen führen kann. So kann es für ein noch unerfahrenes Tier nützlicher sein, erst einmal den Eltern bei der Aufzucht der neuen Geschwister zu helfen und gleichzeitig wertvolle Erfahrungen zu sammeln, als sich sofort bei Erlangen der Geschlechtsreife mit nur recht geringen Erfolgsaussichten fortzupflanzen. Wenn das betreffende Tier über ausreichend Erfahrungen verfügt, kann es selbst versuchen, Nachwuchs zu zeugen.

Damit sich ein altruistisches Verhalten entwickeln kann, bei dem ein Individuum die Fortpflanzung anderen überlässt, müssen drei Faktoren zusammenkommen: Der Nutzen muss sich auf die engste Verwandtschaft beschränken, die Zurückhaltung

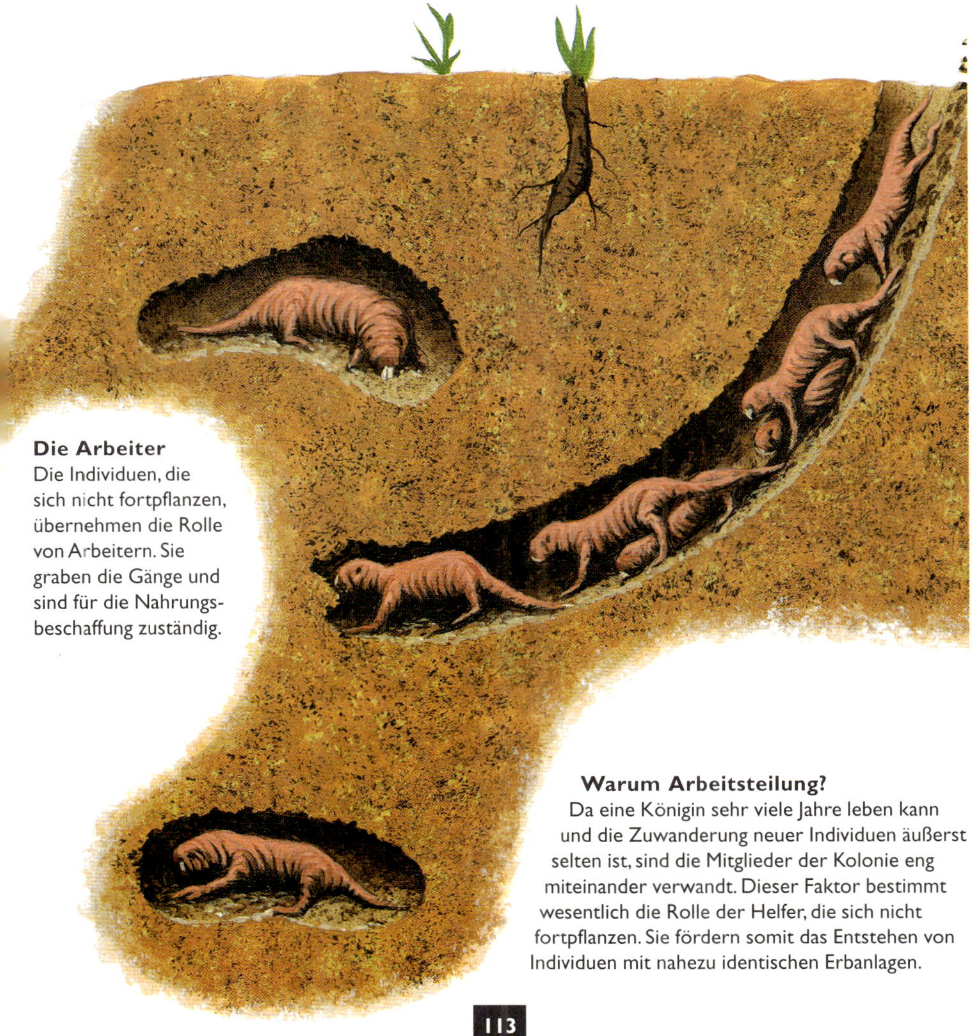

Die Arbeiter
Die Individuen, die sich nicht fortpflanzen, übernehmen die Rolle von Arbeitern. Sie graben die Gänge und sind für die Nahrungsbeschaffung zuständig.

Warum Arbeitsteilung?
Da eine Königin sehr viele Jahre leben kann und die Zuwanderung neuer Individuen äußerst selten ist, sind die Mitglieder der Kolonie eng miteinander verwandt. Dieser Faktor bestimmt wesentlich die Rolle der Helfer, die sich nicht fortpflanzen. Sie fördern somit das Entstehen von Individuen mit nahezu identischen Erbanlagen.

ZWECKGEMEINSCHAFTEN

Paviane bilden Verbände, deren Mitglieder sich gegenseitig Gefallen erweisen. So kann ein Männchen, das allein keine Chance hätte, sich gegen den Führer des Rudels durchzusetzen, sich dennoch mit einem Weibchen paaren, wenn ein anderes Pavianmännchen derselben Rangstufe das dominante Männchen des Harems ablenkt.

Das umworbene Weibchen
Ein Weibchen wird in der Fortpflanzungsperiode von den Männchen der Gruppe heftig umworben.

Der Rivale
Einem Männchen ist es durch seinen anderen überlegenen Körperbau gelungen, sich eines Weibchens zu bemächtigen.

Der Komplize
Der Helfer scheint keinen Nutzen davon zu haben, wenn er einem anderen Männchen beisteht, das sich mit einem Weibchen paaren will. Er verschwendet Energie und riskiert sogar, in einer Auseinandersetzung mit dem dominanten Männchen verletzt zu werden, ohne eine Gegenleistung zu erhalten. Zu einem späteren Zeitpunkt könnte ihm in einer ähnlichen Situation aber ebenfalls geholfen werden. Die Allianz ist somit für beide nützlich.

muss die Überlebenschancen der Nachkommen erheblich steigern und die eigenen Fortpflanzungsmöglichkeiten dürfen nur wenig Erfolg versprechend sein.
Es gibt auch Beispiele für Altruismus, in denen Nichtverwandte unterstützt werden. Voraussetzung dafür ist ein hohes Lernvermögen, durch das die Individuen in der Lage sind, sich an Situationen zu erinnern und einander wiederzuerkennen. In diesem Fall hilft ein Individuum dem anderen und kann davon ausgehen, in einer ähnlichen Lage ebenfalls unterstützt zu werden. Der Nutzen ist also nicht sofort gegeben, sondern auf unbestimmte Zeit verschoben.
Die Fähigkeit, sich an Ereignisse zu erinnern, ist dabei unabdingbar. Denn man muss nicht nur wissen, wem man einen Gefallen erweist, sondern auch, ob man bereits Hilfe geleistet hat, damit sich ein Gleichgewicht einstellt zwischen Geben und Nehmen. Wenn das Individuum, das die Hilfe erhalten hat, egoistisch ist und

Hilfeleistung
Einem Individuum in Schwierigkeiten wird immer von anderen Gruppenmitgliedern geholfen. Liegt ein Tier im Sterben, verlassen es die anderen nicht und versuchen noch mehrmals, es wieder aufzurichten.

Die Adoption
Junge Weibchen ohne Nachkommen helfen oft den andern bei der Aufzucht der Kleinen. Wenn die Mutter stirbt, wird oft das Junge von einem der Weibchen adoptiert.

nicht bereit, eine Gegenleistung zu erbringen, werden es die anderen Mitglieder der Gemeinschaft nicht weiter unterstützen. Dadurch gerät es in eine Notlage, in der seine Bedürfnisse nicht mehr befriedigt werden.
Bei Arten, deren Nachkommen besondere Pflege und Schutz benötigen, kommt es häufig vor, dass die Jungtiere mehrerer Weibchen gemeinsam aufgezogen werden. Manchmal kann es dabei zu Adoptionen eines Jungen kommen, wenn dessen Mutter gestorben ist. Diese Form des Altruismus tritt dann auf, wenn die Mitglieder einer Herde eng miteinander verwandt sind.
Eine andere Verhaltensweise, die bei Arten mit engen und dauerhaften Beziehungen zwischen den Individuen beobachtet wer-

UNEIGENNÜTZIGE HILFE
Elefanten leisten gewöhnlich auch solchen Individuen Hilfe, von denen sie zumindest kurzfristig keine Gegenleistung erwarten können. Vermutlich wird dieses Verhalten durch den engen Verwandtschaftsgrad unter den Mitgliedern einer Herde gefördert.

den kann, ist Hilfsbereitschaft bei Krankheit oder Verletzungen. Diese Verhaltensweise erweist es sich als vorteilhaft für alle Mitglieder der Gruppe, denn jeder könnte früher oder später Hilfe benötigen.
In jedem der genannten Beispiele bringt der Altruismus dem Einzelnen Vorteile. Im Gegenteil ist es kaum vorstellbar, dass sich bei einer Tierart ein rein altruistisches Verhalten einstellt. Denn wenn ein Verhalten wirklich uneigennützig ist, das heißt keinen Vorteil bringt, sondern nur Zeit und Energie kostet, wird es in der natürlichen Auslese nicht bestehen können. Jedes angeborene Verhalten wird nur dann von Generation zu Generation weitergegeben, wenn es einen Nutzen bringt. Der Altruismus kann hier keine Ausnahme machen.

Altruismus beim Menschen

Wir neigen dazu, Altruismus für eine der besten Charaktereigenschaften unserer Spezies zu halten, da uneigennütziges Verhalten als vorbildhaft gilt. Wie aber lässt sich diese Überzeugung mit der Tatsache vereinbaren, dass es ein echt altruistisches Verhalten bei anderen Arten gar nicht gibt? Zunächst muss man der Frage nachgehen, ob Altruismus beim Menschen dem anderer Arten entspricht, das heißt, ob er dem Helfenden ebenfalls Vorteile bringt oder nur demjenigen, dem geholfen wird. Außerdem müssen wir uns fragen, wem wir bereit sind zu helfen und unter welchen Umständen.

Wer in einer Großstadt unter Millionen von Menschen lebt, hat trotzdem täglich nur mit einem begrenzten Kreis von Personen zu tun, so wie es bei den heute noch exisitierenden Stämmen der Naturvölker der Fall ist. In der Regel zeigen die Menschen Interesse am Schicksal von Eltern, Geschwistern, Enkeln, anderen Verwandten und dem engsten Freundeskreis, was der Zusammensetzung in Stammesgruppen entspricht.

Eher ungewöhnlich ist es, wenn sich Menschen mit derselben Intensität um völlig unbekannte Personen kümmern, von denen sie vielleicht nur gehört haben. Dies Verhalten erinnert an den Altruismus miteinander verwandter Tiere und den vorteilhaften Altruismus unter den Mitgliedern einer Herde, also Verhaltensweisen, die, wie wir gesehen haben, auch dem Helfenden zugute kommen.

Eine wichtige Ausnahme ist die Adoption, das heißt die Annahme eines fremden Kinden als eigenes. Adoption findet man auch bei Tieren, meist in Gemeinschaften, in denen die Individuen miteinander verwandt

GEGENSEITIGE HILFE

Das vielschichtige soziale Netz und die moderne Technik haben ein hohes Niveau gegenseitiger Hilfeleistungen bewirkt. Davon profitieren Mitglieder in der Gesellschaft, die sich in einer schwierigen Lage befinden.

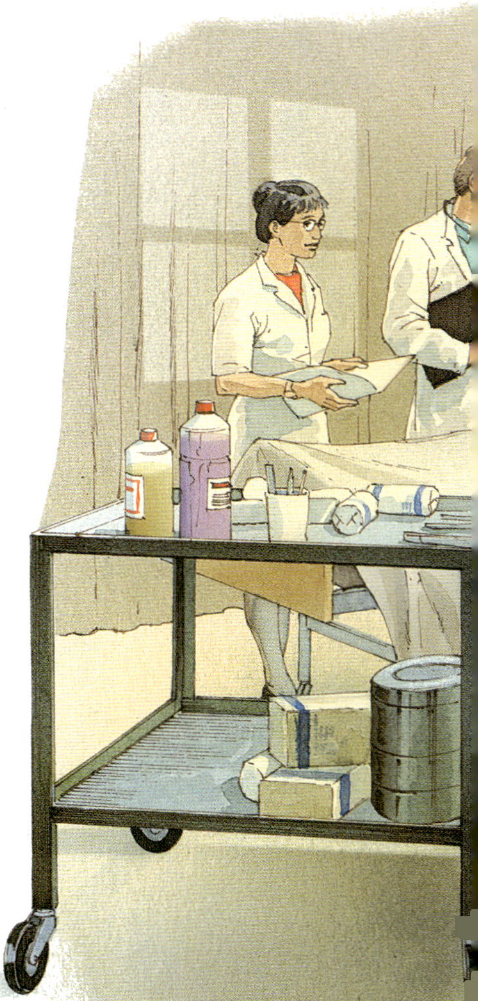

Dienstleistungen
Die Hilfe kann von den einzelnen Individuen im Rahmen der Arbeit geleistet werden, die sie in der Gemeinschaft übernommen haben, aber auch um sich gesellschaftlich zu engagieren oder ganz einfach, weil es Spaß macht.

Hilfe unter Freunden
Einem persönlich bekannten Patienten wird in der Regel besondere Pflege und Aufmerksamkeit zuteil. Denn auch der Mensch neigt dazu, den ihm bekannten Mitgliedern seiner Gruppe bevorzugt zu helfen.

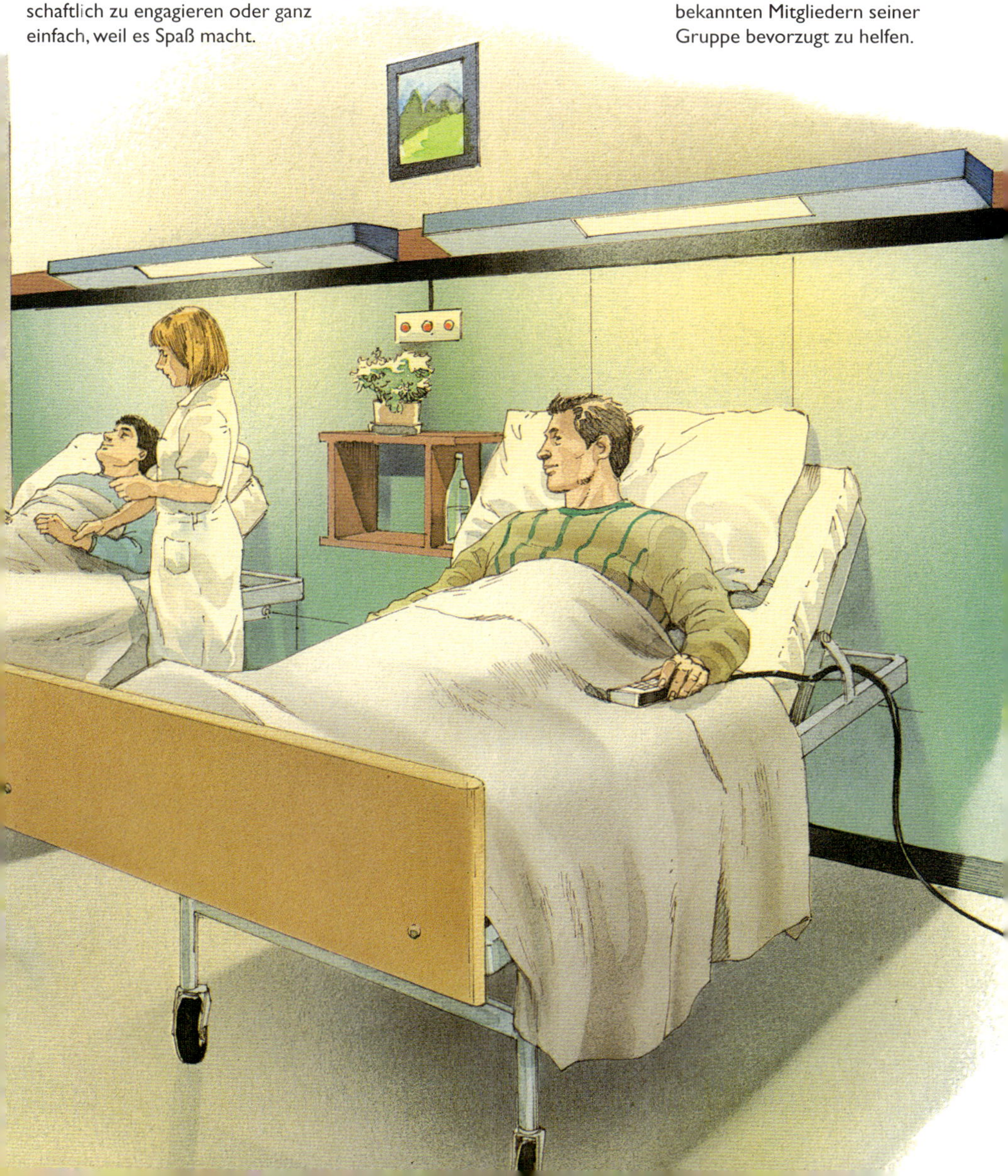

ÜBERGREIFENDER ALTRUISMUS

Eine Besonderheit des Menschen ist, dass er seine altruistische Verhaltensweise auf andere Tierarten überträgt, sowohl auf einzelne Individuen als auch ganz allgemein.

Der Pandabär

Er wurde zum Symbol für die Rettung von Tierarten, die durch den Menschen vom Aussterben bedroht sind. Der Panda wird nun gezielt geschützt und seine Fortpflanzungsversuche werden mit bangem Erwarten verfolgt.

sind. Das war sicher auch bei unseren Vorfahren der Fall, deshalb ist es sehr gut möglich, dass sich dieses Verhalten bis heute bewahrt hat. Eine andere Form der Hilfe gegenüber Unbekannten ist die soziale Fürsorge und Altersvorsorge. Früher oder später brauchen wir sie alle, deshalb fällt sie in den Bereich des vorteilhaften Altruismus.

Manchmal ist die Hilfe tatsächlich nur einseitig und wird völlig Unbekannten geleistet. Ein Beispiel dafür sind Spenden wohlhabender Menschen, um Notleidenden zu helfen. Eine Gegenleistung können sie nicht erwarten. Dennoch ziehen sie auf andere Art Nutzen daraus, denn wer hilft, erntet im Allgemeinen gesellschaftliche Zustimmung und Anerkennung. Dieses Prinzip machen sich viele Politiker zu Eigen, die vor Wahlen oft Kampagnen zu Gunsten von Benachteiligten und Randgruppen führen.

Es entspricht unserer gesellschaftlichen Norm, sich zu integrieren und sich in der Gesellschaft Wertschätzung zu verschaffen. Das kann jeden zu einer uneigennützigen Geste veranlassen, mit der bewussten oder unbewussten Zielsetzung, von den anderen Mitgliedern der Gemeinschaft anerkannt zu werden.

Die Denkweise, die dem Altruismus zu Grunde liegt, hat Verhaltensmuster gefördert, die dem einzelnen Individuum Vorteile verschaffen, direkt oder durch seine Blutsverwandten. Doch aufgrund seiner kulturellen Erfahrung und der sich immer wieder ändernden Gesellschaftsstrukturen ist der Mensch als einziges Lebewesen in der Lage, auch dann davon Gebrauch zu machen, wenn es keinen direkten Nutzen nach sich zieht.

Der weiße Oryx

Diese Antilope ist in der freien Natur ausgestorben, da sie lange Zeit vom Menschen unerbittlich gejagt wurde. Um das Überleben der Art zu sichern, wurden einige Tiere in Zoos gezüchtet und eine Gruppe davon nach vielen Jahren wieder in ihrem natürlichen Lebensraum ausgesetzt, in einem Parkgelände, das eigens zu diesem Zweck auf der Arabischen Halbinsel angelegt wurde.

SCHUTZ DER TIERWELT

Der Tierschutzgedanke bezieht sich nicht nur auf die Rettung vom Aussterben bedrohter Arten, sondern umfasst auch die Hilfe für einzelne Individuen, selbst wenn sie nicht zu den gefährdeten Arten gehören. Meist ist damit eine hohe gefühlsmäßige Anteilnahme verbunden.

Register

Fette Seitenzahlen verweisen auf die Bildlegenden

Bildnachweis

Die Illustrationen in diesem Band wurden vom Verlag DoGi S.p.a., Florenz in Auftrag gegeben, der auch die Rechte daran hält.

Illustrationen:
Verlagsarchiv DoGi 6u; Luciano Crovato und Gianni Mazzoleni 21ur; Luciano Crovato und Gianni Mazzoleni in Zusammenarbeit mit Ferruccio Cucchiarini 61u; Gian Paolo Faleschini 6ol, 28o, 40, 41o, 41ur, 41M, 52f., 60f., 65l, 66f., 70 - 73, 76o, 77o, 82f., 86f., 96ol, 104 - 107; Gian Paolo Faleschini in Zusammenarbeit mit Leonardo meschini 7, 7 - 20, 21o, 21ul, 23 - 25, 28 - 35, 38f., 41ul, 42f., 46 - 51, 58f., 62f., 65ur, 74f., 76u, 77u, 80f., 84f., 90f., 96f., 102f., 112 - 117; Inklink, Florenz in Zusammenarbeit mit Antonella Pastorelli 68ol, 68ur, 92, 98f., 106u, 110f.; Inklink, Florenz in Zusammenarbeit mit Theo Caneschi 58ol, 89; Alsessandra Micheletti 73o, 73M.

Reproduktionen und Dokumente:
Der Verlag DoGi hat sich bemüht, eventuelle Rechte Dritter ausfindig zu machen. Im Falle von Auslassungen oder Fehlern entschuldigt sich der Verlag und erklärt sich bereit, eventuelle Änderungen in weiteren Auflagen einzufügen.
Archiv ACE 68ul; Massimo Duccini, Viareggio 95M; Farabolafoto, Mailand 45u, 56; Farabolafoto, Mailand/Overseas/Dani-Jeske 55o; Farabolafoto, Mailand/Overseas/Claudio Galasso 69o; Farabolafoto, Mailand/Overseas/Jacana 92; Farabolafoto, Mailand/Oversaes/Jacana/Varin Visage 121; Farabolafoto, Mailand/Overseas/Fabio Pedrazzi 101u; Farabolafoto, Mailand/Overseas/Renato Polo 100; Farabolafoto, Mailand/Overseas/J.C.Revy 55u, 57; Granata Stock 95r; K&B, Florenz/Giuliano Valsecchi 47; The Image Bank, Rom/Harald Sund 94r; Andrea Innocenti 54u, 69; International Colour Press, Mailand/Pater David 22; Panda Photo, Rom/G. Cubitt 83or; Panda Photo, Rom/Dia Contact/A. Visage 46; Panda Photo, Rom/N.J. Dennis 83ol; Panda Photo, Rom/FLPA/M. Callan 101o; SIE, Rom/The Stock Market/Bob Abraham 93o; SIE, Rom/The Stock Market/Tom Brakefield 54o; SIE, Rom/The Stock Market/John Feingersh 120; SIE, Rom/The Stock Market/Brian Peterson 64; SIE, Rom/The Stock Market/Kennan Ward 104; SIE, Rom/The Stock Market//Zefa/bach 72; SIE, Rom/Zefa Minden Pictures/F. Lanting 60 65; SIE, Rom/ Zefa Minden Pictures/F. Nicklink 107; The Stock Market/Dimitri Kessel 88f., The Stock Market/H. Lloyd 95l; The Stock Market /Ariel Skelley 94M.

Computer-Bearbeitung:
Sebastiano Ranchetti 91, 94f.

Abkürzungen:
o= oben, u = unten, r = rechts, l = links, M = Mitte, f. = und folgende Seite